猫を処方いたします。

貓咪
處方箋

石田祥
Ishida Syou

邱香凝　譯

目次

第一回

沿著昏暗巷弄走到底，香川秀太抬頭打量眼前的住辦混合大樓。

迷路老半天，終於找到了。這棟大樓簡直就像蓋在其他大樓縫隙裡似的。

「……是這裡嗎？」

秀太發出茫然的低喃。

原本還在想，都什麼時代了，居然還有手機搜尋不到的地址。現在看到這棟建築物，終於理解為什麼。這裡完全曬不到太陽，天空顯得又遠又模糊，整條巷子充滿濕氣，大樓也老舊骯髒。

「真要說的話，這地址到底是怎麼回事嘛。」

京都市中京區麩屋町通往上六角通往西富小路通往下蛸藥師通往東。

手上拿到的，是京都市內以特殊方式標記的地址。明明就有正式的區名和區號，京都的地址卻習慣使用橫越市區的道路名稱，以指示東西南北方位的方式表示。的確，只要按照路名及指示轉彎，就能抵達目的地附近，可是實際位置卻因為地址標示太過籠統，不是當地人根本就一頭霧水。

事實上，秀太在抵達這棟大樓前，已經在附近左轉了好幾次，結果只是一直原地打轉。正打算放棄時，忽然瞥見這條細小巷弄的入口。

為什麼京都市民喜歡用這麼籠統不清的方式標記地址呢？對來自外縣市的秀太而言，京都的道路名稱簡直是某種暗語。就連一個地址，感覺都像在繞著圈子排外。

秀太對著那條昏暗的巷弄嘆氣。

不過，現在失望還太早。他這麼告訴自己，重新打起精神。不能因為地點不好，就說租了這個房子的人也不好。說不定周圍的大樓是後來才蓋起來的嘛，再說，這種程度勉強也可說是隱密。

大樓入口敞開，沒有電梯，看得見後方的樓梯。室內光線不夠亮，或許因為沒什麼人的關係，給人一種詭異的氛圍。沿著走廊往前，並排的門上掛著的招牌，就算不想看也看得見。這似乎是一棟商業大樓，可是不管哪間公司看上去都有點可疑。

說不定不久之後，自己也會淪落到這種狹窄大樓裡的某個房間裡，打電話詐騙上了年紀的老人家。

彷彿看見了未來的自己，秀太急忙甩頭。今天來這裡，不就是為了不要變成那樣嗎？爬上五樓，找到其中一扇掛有「中京心的醫院」招牌的門。

門看起來老舊又厚重，伸手去推才發現意外地輕。朝裡面窺看，室內倒是挺明亮的。進去就能看到櫃檯的小窗口，但沒看到半個人。

「請問……」朝裡面出聲招呼，回應的只是一片靜默。

是正好在休息嗎？秀太不知所措站在原地。因為連電話號碼和電子信箱都不知道，沒辦法預約。「請問！」這次喊得大聲了點。

隨著一陣拖鞋踩在地板上的啪嗒啪嗒聲，一位護理師走了出來。是個皮膚白皙的女生，從外表看來，大概介於二十五歲到三十歲之間。

「來了，有什麼事嗎？」

「不好意思，我沒有預約，但想看診……」

「原來是患者啊，請進。」

她講著一口關西腔，不疾不徐的語調是京都人特有的風格。年紀還這麼輕，倒是很有個性的樣子。

走進一看，裡面放了一張單人座的沙發。護理師沒讓秀太坐在那裡，直接帶他進了診間。診間比秀太公司的吸菸室還小，裝潢很樸素，只有一張桌子、電腦和兩張簡易椅子。

這裡真的是大受好評的診所嗎？內心不安倍增。

至今去過的身心科診所，空間都寬敞明亮又優雅，絕對不是教人躊躇不前的老舊建築，看診也都採取完全預約制。光是看診前填寫問診單就要花上將近一小時。相較之下，這裡馬上就能看診固然值得感謝，想想剛才自己甚至連健保卡都沒拿出來耶。

診間裡的簾子拉開，走出一位白袍醫生。年紀看上去三十左右，柔柔弱弱的，個性好像很溫柔的樣子。

「午安，您是第一次來我們醫院嗎？」

醫生露出淺淺微笑，嗓音偏高，還帶點鼻音。雖然不到裝熟的程度，但也是京都人特有的親切語氣。

「順便問一下，您會知道這裡，是聽誰說的呢？」

「呃……」

瞬間不知該如何說明。本來想矇混帶過，後來還是決定老實說。

「不是直接聽認識的人說的，是公司一位已經離職的前輩告訴我的，說是那位前輩的弟弟的太太的表兄弟公司的客戶……的另一個客戶，好像曾經來看診，說這裡是非常好的診所。」

這麼隨便的資訊，連傳聞都稱不上。畢竟秀太知道的，就只有醫院名稱和那宛如暗語的籠統地址，以及醫院位於大樓五樓這幾點而已。

秀太不是第一次看身心科。第一次看診，是半年前的事。

當時也沒有對改善與否抱太大期待，只是覺得必須做點什麼才行。覺得應該要努力一下才對。然後就是看了一間又一間網路評價高的醫院，到最後，自家和公司附近的診所都看遍了。

既然如此，就算只是傳聞，不如試試這間醫院吧。出乎意料的是，這間醫院竟然位在這麼冷清的地方。

「嗯——這可傷腦筋了呢。我們醫院是不收新病患的喔。因為這裡只有我和護理師兩個人，怕忙不過來。」

慢條斯理地說完，醫生溫柔地嘆了口氣。

秀太失望不已。連這裡也不行了嗎？明明說會治療心理的病，真的設身處地聽人說話的醫生卻不多。

那就算了。正想這麼說時，眼前的醫生又咧嘴一笑。眼神忽然變得像個喜歡惡作劇的孩子。

「不過呢，這樣吧，既然是患者介紹你來的，那就特別破例嘍。」

這個房間原本就小到坐下來連膝蓋都會相碰的地步，現在感覺好像更擠了。醫生轉向桌子，開始敲打電腦鍵盤。

「請告訴我你的姓名和年齡。」

突然就看起診來。

「香川秀太，今年二十五歲。」

「今天來是有什麼問題嗎？」

醫生和氣地問。

秀太一陣緊張。至今已經重複這類問答許多次，聽了自己的回答後，醫生往往會在每個患者分配到的有限時間內，給出敷衍的回答。

「那可真難為你了呢」、「不用那麼努力沒關係喔」。

「多虧你願意來，謝謝你」。

甚至有醫生不知為何這麼說著向自己道謝。之後，他們多半會開差不多的藥物。以現狀來說，讓自己感到輕鬆一點的不是醫生，不過是安眠藥罷了。

「我……」

失眠、耳鳴、食慾不振。

只要一想到工作就胸悶，呼吸急促，夜不成眠。這些症狀實在太典型了，聽起來根本沒什麼。秀太心想，這次一定要好好說明，打破原本的窘境。

然而，真心話卻下意識地脫口而出。

「我想辭職。」

「這樣啊。」

自己只是輕聲嘟噥，醫生卻馬上接了話，把秀太嚇了一跳。

「啊、不是的，我不是那個意思。不是想辭掉工作，只是在想，到底要怎樣才能繼續在現在的公司好好待下去。我任職的公司，是滿有名氣的證券公司，甚至有拍企業形象廣告的那種。但是……對員工還滿黑心的。」

「我明白了。」

醫生淡淡地說著，微微一笑。

「我會開貓給你，暫時觀察一陣子狀況吧。」

說完，他往後轉動椅子。

「千歲小姐，帶貓過來。」

「好的。」簾子那頭傳來回答的聲音，剛才那位皮膚白皙的護理師走進來。在櫃檯時沒注意到，她的眼神嬌媚，是個很有個性的女孩。雖然不是特別亮麗，但也稱得上美女了吧。護理師用有些狐疑的眼神望著秀太，冷冷地問醫生：

「尼克醫生，這個人可以嗎？」

「哈哈，沒問題吧。」

相對的，醫生顯得溫和又輕鬆。不只醫院本身有點奇怪，「尼克醫生」這個名字也很奇怪。護理師把提來的外出籠放在桌上，又默默走進去了。是側面有透氣網的那種簡易外出籠。

裡面裝著真正的貓。

秀太愣住了，跟不上這天外飛來一筆的發展，連話都說不出。只能盯著眼前的貓咪看。

是真的貓。

灰色的，沒有什麼值得一提的特徵，就是隻一般的貓。躲在陰影裡看不仔細，不過仍看得出貓金色的眼睛又圓又大，露出警戒的眼神往上看。

「那麼香川先生，請你暫且試著持續服用一星期看看。」

「喔……」

「還有，我會給你開處方箋，請拿去交給櫃檯。」

「啊……原來會開處方箋嗎？」

「那當然啊。」

對話聽起來普通，狀況卻一點也不普通。秀太看著籠子裡的貓問：

「這個……是貓嗎？」

「是啊，是貓。」

醫生說得理所當然。的確，不管怎麼看都是貓，但秀太逐漸失去自信了。

「真貓？」

「當然啊，很有效喔。從以前人家就說『貓為百藥之首』嘛。喏，這個意思就是，比起隨手可得的藥物，貓的療效更高。」

什麼意思，太奇怪了吧。秀太正在困惑，醫生又遞上一張小小的紙。

「這是處方箋，請找櫃檯領取，然後就可以回去了。那麼，下次看診是一星期後喔。後面還有預約看診的病患在等，差不多就這樣吧。」

醫生指了指門，意思是「你可以回去了」。秀太回過神來，露出了笑容。

「啊哈哈，我懂了。是喔，這就是所謂動物輔療嗎？」

剛才是事出突然才會嚇到，仔細想想也沒什麼嘛。透過與動物的接觸，讓心靈獲得療癒，是嗎？然而，即使秀太笑著這麼說，醫生仍毫無反應。秀太認為他是在等自己的反應。

「像這樣讓病患嚇一跳，也是治療的一部分嗎？喔喔，原來如此。難怪醫院的資訊不管哪裡都沒有公開呢。剛剛確實有一瞬間把我嚇得腦袋一片空白，醫生開的處方居然是貓……挺有趣的。」

把臉湊近籠子，朝裡面窺伺。貓睜大眼睛，迎上秀太的視線。儘管不熟悉動物也看得出來，貓現在大概很困惑吧。秀太苦笑著說：

「真可愛，不過這隻貓好像不太喜歡我。」

「嗯？我看看……」

說著，醫生也把臉湊過來，距離近得臉頰都要貼上秀太了。秀太為這麼近的距離感到吃驚，對方卻是一副不以為意的樣子。只見醫生鼻頭抵在籠網上，目光凝視裡面的貓。

「嗯？好像沒問題啊。嗯嗯，牠說不要緊啦。」

「不、牠沒說吧。牠好像很害怕。」

「是嗎？我看看……」醫生的鼻頭再次貼上籠網。距離實在太近，看得秀太手心冒汗。「如何？不行嗎？沒有不行吧？」

說完，他抬起頭來笑了。

「牠說沒有不行喔。」

「不、不是這樣的，像我這種不習慣跟動物相處的人，貓一定會抗拒的吧。就算是為了動物輔療，貓也太可憐了。」

「別擔心，就算是不習慣動物的人，貓的療效還是絕佳。還有病患在等看診，差不多這樣吧。」

醫生微笑說完，兀自站起身。提起外出籠往秀太腿上一放。

「欸？等等——」

「下次回診是一星期後。」

面對那張不由分說的笑臉，秀太一頭霧水，只能抱著外出籠走出診間。說是被醫生施壓逼退也不為過。

候診室的沙發上根本沒人。秀太一個人站在櫃檯前時，一隻白皙的手從小窗裡伸出來，朝秀太招了招。

「香川先生，這邊請。」

「啊、好的。」

彷彿闖入了電影裡的世界。秀太四處張望，說不定哪裡藏了鏡頭。

在困惑中走向櫃檯，護理師從小窗裡探出頭。
「請給我處方箋。」
按照她說的，遞上醫生給的那張小紙片，護理師又消失在窗口裡了。
感覺很奇妙。上一次像這樣手上抱著某種生物，已經是小學時在學校裡養兔子時的事了。就算是配合醫生胡鬧，貓也太乖巧了吧。秀太忍不住笑起來，心想，這隻貓真懂事。
護理師回來了，一邊說「請」，一邊從小窗裡推出一個紙袋。
東西就這樣塞上來，原本用雙手提外出籠的秀太只好改成單手提。籠子傾斜，貓咪滑了下去。
「哎呀，抱歉。那個……不好意思，請問這紙袋裡裝了什麼？還挺重的耶。」
「那些是配給的物品，裡面有說明書，請仔細閱讀。」
護理師用冷淡的語氣這麼說。風情萬種的京都腔，聽起來反而像拒人於千里之外。
從紙袋口往裡看，看得見塑膠碗、托盤和看似飼料的包裝袋。所以這袋東西是養貓的必備物品嘍。這齣戲演得還真徹底，細節講究得過了頭，讓秀太不安起來。

「請問，這套動物輔療要做到什麼地步為止？我覺得好像有點過火了？」

「如果有不明白的地方，請去問醫生。祝您早日康復。」

護理師打著官腔，視線往下，開始做起手邊其他事情。

「請問……」

「祝您早日康復。」

「請問……」

「祝您早日康復。」

這樣下去沒完沒了，秀太只好雙手提著東西走出去。因為沒手開門，還費了好大一把勁。

到底發生了什麼事？他一陣茫然。

走廊盡頭走來一個面相凶狠的男人，從秀太面前經過後，打開隔壁的門。

忽然感受到一股視線。男人朝秀太露出懷疑的表情，好像想問什麼。

秀太趕緊離開。要一邊注意不讓外出籠傾斜一邊下樓可不容易。走出大樓後，巷弄裡的霉臭撲鼻而來。感覺就像回到現實。手上提著沉重的東西也是現實。

前輩說，那是一間很棒的診所。前輩是聽他弟弟說的，他弟弟是聽太太說的，太太是聽表兄弟說的——傳聞每經過一個人的嘴巴，內容就會改變一些。一步、兩步，不管往前走幾步，這齣短劇都沒有要落幕的意思。那個豔麗的護理師沒有追上來，也沒聽見拍片時喊的「卡」。

是胡搞蠻幹的治療法？還是詐騙？生了病的自己現在手上提著貓。

找來找去，怎麼找上了一間這麼扯的醫院？彷彿聽見遠方的自己笑著這麼說。

要帶著活生生的動物移動是一件難事。過馬路時無法快步跑，也無法把沉重的籠子掛在肩上揹，籠子裡的貓又像是很不舒服似的，一直動來動去。提著這樣的籠子，最後花了超過三十分鐘才回到自己住的公寓。半路上手臂就痠痛到不行了。

把籠子放在地上，貓好像也知道，突然掙扎起來。看牠被關在狹小的籠子裡這麼久也是可憐，秀太就把籠門打開。

然而，貓卻不出來。

「怎麼啦？貓咪，可以出來喔。」

即使如此，貓還是不出來。秀太有點擔心，朝籠中窺看，只見貓蜷縮在籠子最深處。

是怎麼了呢？秀太伸手進紙袋摸索，裡面有兩個同樣大小的容器。拿起袋裝貓食搖晃看看，發出沙沙聲。裡面裝的似乎是乾飼料。

「總之先喝水吧。」

在其中一個容器裡裝了自來水，放在籠子前。貓還是不出來。

「對了，不是有說明書嗎。」

一邊不時注意貓的狀況，一邊拿出放在袋子裡的那張紙。

「名稱：小B。母貓。年齡推估為八歲。米克斯。食物：早上和晚上適量餵食。水：隨時。排泄處理：適當時機。基本上放著不管也不會有問題。請把容易被貓誤吞下肚的小東西和容易打破的碗盤等物品收進抽屜。如有盆栽也要特別小心。請不要讓貓離開室內。以上。」

只有這樣而已。秀太重讀一次說明書，確定沒寫什麼重要事項。

「傷腦筋啊……從來沒養過貓，真的養得了一星期嗎？」

這個平平的貓砂盤和貓砂該怎麼使用呢？放著不管，貓就會自己在這上面排泄，不會弄髒房間嗎？飼料要餵多少？貓會不會用爪子抓壞牆壁？

內心忐忑不安。沒有人可以商量，只好上網查貓上廁所和餵食的相關資訊。

唯一慶幸的是知道貓的名字了。趴在地板上朝籠內窺伺，視線正好對上那雙金色的眼睛。

「妳叫小B啊。喂，小B，出來嘛。原來妳是女生呢。肚子該餓了吧？準備吃東西嘍。」

時間已是傍晚，算起來是人類的晚餐時間，當然也得餵貓吃飯吧。閱讀飼料袋背後的文字，一邊用手機上網查資料，一邊思考該餵多少。這時，貓從籠子裡稍微探出頭。

「喔！出來了嗎？」

然而貓馬上又縮了回去。好不容易願意出來了，是自己發出的聲音太大，害她又縮回去了嗎？於是，秀太屏住呼吸耐心等待。不多久，貓又探出半顆頭，眼神由下往上偷看秀太。就這樣，彼此陷入沉默的角力。與其說是警戒，更像是在試探。採取了奇怪坐姿的緣故，秀太的腿開始發麻，肌肉微微顫抖，但也只能勉強忍住。

等了好久，貓終於將一隻前腿默默伸出籠外。不過，爪子仍懸在半空中，眼神像是暗示她隨時可能再縮回籠內深處。

拜託，出來吧，腳已經麻到太誇張的程度了。

還差一點腳就要麻到不能動時，貓的前爪終於悄悄著地。圓圓的手抵在地板上，肉嘟嘟的好像嬰兒手腕，實在相當可愛啊。接著，她一步、兩步地慢慢踏出來，最後連長長的尾巴也離開了籠子。

貓比想像中大隻呢。

這是秀太腦中浮現的第一個念頭。其實站在房間裡的貓並不算大，只是，或許因為以前看過貓穿梭於牆縫之間的影片吧，原本以為牠們的體型會更纖細。眼前的小B就像一團灰色毛毯一樣輕柔，如果真的鑽進牆縫間，這條毛毯大概會擠出來。

為了不嚇到貓，秀太咬緊牙根穩住身體，慢慢把腳伸直。面對無聲扭動身體的人類，貓一臉不干己事的表情，兀自走向水碗。聞了幾下之後，用舌頭舔起水來。

一邊摩挲痠麻的腿，秀太懷著不可思議的心情觀察喝水的貓。水啪喳啪喳濺起，是這個屋子裡從來不曾有過的聲音。不知貓是否稍微放下警戒心了，扭頭左右察看屋內的狀況，視線停在還未開封的飼料袋上。

「哈哈，好啦好啦，等一下喔。」

喝完水就輪到吃飼料了嗎？貓的心思也滿好揣測的嘛。這麼一想，秀太不由得面帶微笑。

打開飼料袋，往另一個碗裡倒。飼料嘩啦嘩啦落入碗中時，貓一直乖巧地坐在一旁。原本以為鐵定會撲上來的，沒想到卻是動也不動，只睜大圓滾滾的眼睛看。

「吃吧，看起來很美味呢。來啊。」

秀太捏起那看起來像零嘴點心的貓飼料，做出假裝在吃的動作。然而，貓還是不動如山地盯著秀太看，表情像是在說：「這傢伙在做什麼啊？」

忽然覺得自己好蠢，秀太仰躺上床，裝成不在意的樣子，只用眼角餘光偷瞥貓的動靜。

不久，貓躡手躡腳地靠近飼料碗吃了起來。喀啦喀啦，發出輕微的啃食聲。明明存在感如此強烈，動作和聲音都很安靜。秀太躺在床上想，這就是貓嗎？

這間自己獨居的房間裡，多了一隻貓的感覺好奇怪。重新打量屋內，東西放得亂七八糟。漫畫和遊戲機丟在同個地方很長一段時間了。平時回家只為了睡覺，就連假日也一路睡到中午。東西不多，但是個怎麼看都沒有絲毫樂趣的房間。

怎麼可能有什麼盆栽嘛。

就算有，肯定也早就枯死了。

即使如此，秀太仍久違地整理了房間。把地上的寶特瓶蓋和便利商店便當的筷子撿起來丟掉，衣服和雜誌推到角落。

心想得做點什麼事才行。除了跑遍醫院，真的已經很久沒主動做其他事了。只不過是打掃了房間，莫名有種神清氣爽的感覺。

「啊、對了，這種東西最危險吧。」

丟在桌上沒收的安眠藥，突然變成棘手的物品。全部收集起來塞進抽屜。

吃完飼料的貓在屋子裡到處走來走去，嗅聞味道，腳步輕盈得像是沒有任何重量。看著在屋內探險的貓咪，心情忽然平靜下來。看來，這動物療法雖然手法強硬了點，效果倒是非常好。

貓會在哪裡睡覺呢？沒幫她準備床耶。還不到寒冷的季節，放張揉成一團的小毯子給她吧。又或者，她會跳上床鑽進被窩？

想像著這些，時間一轉眼就過了。那天晚上，即使秀太忘了吃安眠藥，還是順利入睡了。

抱著外出籠，秀太一口氣從一樓跑上五樓。

衝進「中京心的醫院」，氣喘吁吁地把外出籠塞進櫃檯小窗口。那個臭臉護理師正坐在裡面。

「貓、貓……我想跟醫生談談關於這隻貓的事。」

「香川先生，您預約的日期是四天後喔。貓還剩下四天份。」

「不、所以我的意思就是，那個不必了。」秀太激動得上氣不接下氣，語無倫次。「總之，我要跟醫生談一談，不管幾小時都願意等。」

「這樣的話，請進診間吧。」

「所以我就說了，幾小時都可以等……咦？」

「請進診間。」

護理師這麼說完，視線就又往下移，做起手邊其他事了，只剩秀太當場說不出話來。從公司一趕回家，把貓裝進外出籠就又急忙趕過來。心頭這股怒氣不發洩出來不甘心，所以完全沒想到這麼輕易就能進入診間，反倒一陣錯愕。

「請問……」

「請進診間等。」

護理師看都不看秀太一眼。無可奈何之下，只好抱著外出籠，再次從沙發前走過，進入狹小的診間等待。

腿上的外出籠沉甸甸的，或許因為籠子沒放穩，貓顯得侷促不安。不是這傢伙的錯。明知如此，秀太仍難遏怒氣。這時，隔簾拉開，醫生走了出來。

「咦？是香川先生。你怎麼又來了？今天是怎麼了嗎？」

看到那張彷彿好好先生的笑容，秀太的怒氣終於爆發。

「我被炒魷魚了啦！被公司開除了！都是、都是這隻貓害的！」終究還是這傢伙的錯。這麼想著，用力抓住外出籠框。籠裡的貓似乎也感受到了，做出威嚇的反應。

「哎呀，那不是很好嗎？」

醫生笑著這麼說。秀太睜大了眼睛。

「很、很好？」

「因為，你不是本來就想辭職嗎？現在順利辭職，問題不就解決了？哎呀，開這隻貓果然是正確的，效果太好了。」

醫生露出滿意的笑容，那笑容令秀太稍微冷靜了一點。

不行。把他的話當真就太蠢了。真要說的話，這個醫生根本沒有進行任何治療。即使如此，還是想抱怨幾句。秀太把腿上的外出籠放在桌上。

「我從來沒想過要辭職。好不容易進入一流企業，我就是不想辭職，才會來這裡諮詢的啊。」

於是，醫生歪著頭說：

「可是，你不是說那是黑心公司？」
「那是……不管哪間公司都差不多啊，不管是大企業還是中小企業，沒有哪間公司是完美的。」
竟然會為那種惡劣的公司辯護，連自己都感到驚訝。更何況，這些話至今朋友都跟自己說過太多次了。像是「去哪間公司都一樣」、「有發薪水給你就不錯了」、「別要求那麼高」。
自己也一直這樣說服自己，撐到今天。然而，那些努力現在都變成了白費。秀太又沮喪又憂鬱。
「這麼輕易就把我開除掉，太過分了。這樣的話，我至今那些忍耐又是為了什麼。」
「嗯——」醫生看了看手錶。「你願意的話，就說給我聽聽吧？反正預約的病患也還沒來。」
秀太一陣虛脫。這間診所跟外面的醫院不一樣。就算病患泛淚主訴自己有多痛苦難過，這位醫生連表面上的同情都不會給。但是，他的做法說不定比假意的關心好太多了。坐在面前的這位奇怪的醫生，臉上掛著淺淺的笑容。
「——帶貓回去那天，什麼問題都沒有。晚上小B很乖地睡覺，早上我也幫她準備好飼料才跟平常一樣去上班。」
沒錯。只有當天晚上獲得一點療癒而已。接下來，日子還是跟平常一樣。光靠貓就想解決問題？黑心企業可沒這麼好對付。
貓這種生物，比想像中還好拿捏嘛。
看著乖乖吃飼料的貓，秀太露出微笑。原本還擔心早上睡醒後，屋內不知會亂成什麼樣，原來是自己杞人憂天。
貓蜷縮在桌子底下，完全沒搗蛋。秀太一起床，她馬上靠過來。才一天就這麼親人嗎？還是她原本就被調教成這樣？走到洗臉台旁盥洗時，貓也一路跟過來。
「怎麼，妳想吃東西嗎？」
笑著低頭看貓，她就把頭蹭過來。三角耳往下折，整張臉用力磨蹭秀太的腿。
昨晚怕被貓爪抓傷，沒能撫摸她，既然這麼親人，現在怎麼還能不管她呢。
指尖從貓額頭上輕輕撫過，滑溜的觸感很不可思議，和原本想像的刷子細毛完全不同。貓倏地抬頭，秀太以為不妙，趕緊把手抽回。然而，貓反而伸長了脖子，像是討摸一般把臉擠過來。秀太手指穿進貓毛中間，用整個掌心撫摸。

「哇，妳好蓬鬆喔。」

可是，又不像絨毛玩偶那樣輕薄。手心的感受很確實，該用什麼來比喻好呢？就像蓬鬆的……網球？

看上去短短的貓毛，其實長得足以穿出指縫間，底下是更細軟的白色絨毛。昨天只看到表面灰色的毛皮，近看才發現還夾雜著茶色的毛，在灰毛之間形成波浪般的曲線。好漂亮。

除此之外，貓的個性還很固執。雖然柔軟，但緊迫盯人。

到最後，秀太不敵纏著不放的貓，在整理自己服裝儀容之前先為她準備了飼料和水。和動物住在一起，生活步調好像很容易被打亂。

「這種生活或許也不錯。」

秀太蹲下來凝視吃飼料的貓。昨晚睡得很好，拜此之賜，身體久違地感到一陣輕盈。不過，就算這樣，還是不想去公司。

可是，只要撐過今天就好。

每天早上都對自己唸這句咒語。只要撐過今天，明天一定會變輕鬆。可不能辭職啊。

指尖抓抓正在喝水的貓的額頭，她看似很舒服地閉上眼睛。總覺得，眼前真的開拓出了一條能讓自己順利撐過今天的康莊大道。

可惜的是，那只不過是錯覺。

「我們業務課的第一名，連續三星期都是間宮呢。來，大家給他鼓鼓掌！」

江本沙啞的聲音，在整個辦公室樓層裡響起。秀太胃部一陣痙攣。

掌聲七零八落。這是每星期舉行朝會時的公審儀式。背對窗戶的課長座位前，身為座位主人的江本正在其他業務課社員面前公審間宮。

「扯大家後腿的，就是這位間宮啦。只要有間宮在，各位不管多努力，本課都達不到業務目標。喂，間宮，你覺得很爽吧？什麼都不用做就能領薪水。」

江本是大阪人，或許因為這裡又是京都，即使在公開場合，他也大剌剌地使用關西腔。間宮低頭沉默不語，周遭的業務課社員們都不敢直視他。只要站上去那個位置，精神就會被折磨得遍體鱗傷。光是待在旁邊都讓人想吐。

「喂，香川！」

江本忽然喊了自己的名字，秀太心頭一驚。

「是、是！」

「你也沒比他好多少啦。你們兩人居然還有臉來公司，要是我的話，早就羞愧辭職了。」

江本的聲音莫名宏亮，聽得秀太胃部又是一陣抽痛。不過，他早已從經驗中學到教訓，與其低頭不說話，這種時候最好的應付方式就是苦笑。

「啊哈哈……」

「啊哈哈個屁，你是白痴嗎？像你這種弱不禁風，白白瘦瘦的傢伙，工作大概都做不好啦。一個有能力的業務員，都是在大太陽下到處跑客戶，跑出一身黝黑的肌膚，就像我這樣。看，這才是真男人的手臂。」

江本出示自己曬成褐色的手臂。但是，手腕以下沒曬黑，可見黝黑的手臂是打高爾夫球曬出來的吧。當然，這話秀太也不可能說出口。

「啊哈哈……」

秀太繼續發出輕浮的笑聲，江本嘖了一聲，轉而找其他社員麻煩。

「喂，你們該不會想申請加班費吧？憑這種業績，還想從公司撈加班費嗎？你們這些人到底懂不懂什麼叫『對公司付出貢獻』？」

除了業績好的業務員，其他人都被他罵得狗血淋頭。用捲起來的文件或原子筆敲頭也是常有的事。不過，最令人難以忍受的，還是朝會上的這種羞辱。秀太也曾被叫出來公審好幾次，不但丟臉，更覺得自己悽慘落魄，身體止不住顫抖。只要當過一次祭品，暫時就會有好一段時間被大家當成空氣。因為，其他人大概不知道該對自己說什麼才好吧。

大家只能拚命讓自己不要成為下一個祭品。江本是以威權騷擾出名的上司，其他部門也沒好到哪裡去。在業務部，無法達成業績的員工沒有人權可言，受不了的人一個一個都辭職了。

若想留下來，就必須提高業績。

今天預計要跑的業務都跑完了，果然還是沒能爭取到太多投入資金的客戶。雖然有些年長客戶願意耐著性子聽完冗長的推銷，最後還是說服不了他們增加證券帳戶裡的金額。拜訪客戶時，對方願意當場買下金融商品的例子很少。尤其是像秀太這種年輕業務，幾乎每次都吃閉門羹。

金融這一行，靠的是賺客戶的手續費。這是秀太進證券公司工作後才知道的事。運氣好的話，推薦給客戶的金融商品升值了，或許還能換來客人的感謝。不過，幫客人賺錢並非業務的工作，說服他們把錢放入證券帳戶才是真正的目的。

這間證券公司位於烏丸通和四條通的交叉口，那裡也是京都市內商業大樓林立的地方。周圍有銀行，有百貨公司，人潮絡繹不絕。剛來京都的時候，一想到自己能在高樓大廈林立的一級地段工作，心情還很雀躍。

然而現在，走在熙來攘往的觀光客中間，承受著眾人的目光，腳步愈來愈沉重。

等一下回到自己的座位，一定立刻就會被江本叫去報告今天的業績，大概又得聽他大吼大叫了吧。拖著腳步往前走時，忽然有人從背後拍了秀太的肩膀。回頭一看，是同事木島。他的表情也非常疲憊。

「嗨，香川，來得正好，我有事想跟你說。」

木島是和秀太隸屬同部門的業務員，兩人年紀相近，個性也都比較內向。業績排名一樣是從後面數來比較快。同為吊車尾一族的兩人，以前經常聚在一起發牢騷。不過，木島最近好像找到出錢爽快的大客戶，已經不再跟秀太他們搶當最後一名了。

兩人走進公司附近的咖啡廳。有了這個拖延回公司的藉口，讓秀太鬆了一口氣，不管做什麼都放慢動作。

「今天早上，間宮好慘啊。」

木島喃喃低語。

「嗯，最近那傢伙好像被課長盯上了，我光是在旁邊看都覺得自己快瘋了。」嘴上這麼說，秀太內心其實慶幸自己不是江本直接攻擊的對象。有間宮墊底真是太好了，要是沒有他，鐵定輪到自己站在那裡被公審。

「真羨慕木島你啊，最近狀況一直很好呢。到底要怎麼做才能把那種低利息的商品賣掉，能不能也教教我？」

忍不住語帶嘲諷。事到如今再學那些推銷訣竅根本沒有意義，畢竟公司研習和模擬練習時都不知道學過多少次了。自己和那些數字漂亮的業務，打從根本就不是同一種人。忽視這點，硬是把同樣門檻強加在所有人身上的公司，想來還是太黑心了。

要是不久前，木島也會跟自己抱怨一樣的事。

然而今天不一樣，只見他呵呵一笑：

「我要辭職了。」

「咦？」

「這個給你。」

木島從手提包裡拿出一個信封袋，裡面裝著一些文件。

「這什麼？」秀太問。

「要交給江本課長客戶的文件。包括收支報告、匯款明細、收據等等。每位客戶都有一份，按照這個清單拿去給他們。」

「不不不，這太奇怪了吧？」

翻看那些文件，秀太無法克制自己愈來愈扭曲的表情。

「公司嚴禁直接把這些明細拿給客戶吧？還有這個——」看到其中一份文件，秀太臉頰不禁抽動。「這不是收據嗎？業務員無法輕易拿到這些資料呀，我沒記錯的話，只有出納課或會計課之類的部門才能開收據……為了防止不當交易。」

最後這句話說得含糊，身上已冒出冷汗。

木島淺笑道：

「我也不是很清楚，按照江本課長的說法，因為他跟出納課有交情，所以那邊的同事會特別開給他。他說自己跟我們這種基層員工資歷不同，不必在意那些小事。」

「是這樣嗎……？」

「好像是喔。」

木島回以穩重的笑容。

秀太從來沒聽說過這種事。但是，身為基層的自己，不知道的事本來就很多，或者應該說，不知道的事還比知道的多。他這麼說服自己勉強接受。

「是喔……好吧，既然江本課長都這麼說了，那就一定是這樣吧。」

「這份清單裡的客戶，是江本課長經營多年的老客戶，出手都很大方，光是送文件去給他們，有時就會多成交一筆新訂單，跑起業務來很輕鬆喔。」

「這麼吃香的工作，你為什麼要讓給我？應該說，你為什麼要辭職？木島你的業績不是很好嗎？」

「我啊，直到不久之前，不是還每星期都會在朝會時被叫出來罵嗎？江本課長甚至罵我是公司有史以來最爛的蠢員工。」

木島難為情地笑了。秀太感到困惑。但那是事實，又從他本人嘴裡說出來，自己也只能點頭。

「嗯、嗯。」

「就在我覺得已經到極限時，江本課長說，他可以把自己的業績分給我。雖然聽到那傢伙說這種話很驚訝，當時我滿腦子只想逃離朝會的公審。如果只是幫他把文件送去給客戶就能獲得解脫，好像也不算什麼了。事實上，那些客戶幾乎都是上了年紀的長輩，只要送文件過去時順便陪他們聊聊天就好。今天上午我也都在拜訪江本課長的客戶，一個已經是熟面孔的奶奶還說她很期待我去呢。」

「也有這樣的客人嘛。」

「我老家在四國，那位奶奶記得這件事，還特地幫我準備了四國的點心。就在我吃點心時，她跟我說，能在一流企業工作，你爸媽一定很自豪也很欣慰吧。」

聽到這番話，秀太內心像是被人打了一耙。

看秀太什麼都說不出來，木島又笑著說：

「就在那時，我心想，才不是什麼自豪的兒子咧。我只是個業績太差，無法反抗上司的沒用傢伙。這麼一想，突然覺得死命抓著公司不放的自己好愚蠢。啊、如果是現在的話，我好像可以辭職了。所以，我不打算回公司了。反正回去也只是重蹈覆轍。」

木島站起來，原本陰暗的眼神，現在變得清明透澈。

「這份文件，照理說下次應該會交到間宮手中吧，因為那傢伙也快不行了，一定不會拒絕。」

「不、等一下，可是這種事我也——」

「香川雖然內向，但你和我或間宮不一樣，你還懂得掙扎，不會希望自己就這樣爛下去。如果是你，一定有勇氣面對。」

秀太還在原地發愣，木島已經走出咖啡廳了。只留下那份客戶資料。

不知該如何是好，但總不能把東西丟在這裡。秀太把文件放回信封袋，收進自己的手提包，在腦中一片空白的狀況下回公司。儘管一如往常被江本叫過去罵也心不在焉，江本不耐煩地嘖了一聲。

「喂，你就算做個樣子也好，難道不能裝出一點幹勁來嗎？喂！木島人呢？最近的年輕人連準時回公司都做不到嗎？」

下班時間早就過了，卻理所當然似的還有許多人留在辦公室加班。秀太感到坐立不安，不管過多久，木島都沒回公司。

「喂，誰打個電話給木島。不就是去拜訪客戶嗎，是要花幾小時啊。」

聽到江本的怒吼，一旁的眾人面面相覷，用眼神揣摩彼此的想法。最後，其中一個業務打了電話。可是，無論響幾聲，木島都沒接。最後，失去耐性的江本自己打了電話。即使如此，木島還是不接。

看到江本生氣發狂的樣子，秀太簡直快嚇死了。

木島是當真的嗎？真的不打算回公司了？

把放在腳邊的公事包輕輕往桌底下推。木島硬塞過來的那些文件，還在自己手上。

打公司手機沒接，江本又打了木島的私人手機。可是，依然聯絡不上木島。周圍的眾人開始用疑惑的表情互相交換眼神。照理而言，江本不是會為了一個業務沒回公司這種事大吼大叫的人。

之後，秀太趁著眾人不注意時離開公司，一路走到位於京都市公所附近的老公寓。平常這段路都搭地下鐵，今天需要好好思考，於是選擇步行。

最好的做法，是想辦法把文件還給木島。

如果不行的話，明天早點到公司，偷偷放回江本抽屜。

最糟糕的，則是自己代替木島，把文件送去給這些客戶。

「不管哪個都不想啊，為什麼偏偏是我遇到這種事……」

皺著眉頭，打開家門，貓在眼前輕輕「喵」了一聲。
「糟了，抱歉，我完全忘了妳的事。」
秀太蹲在玄關，一朝那灰色的身體伸出雙手作勢撫摸，貓就滑進雙手之間，閉上眼睛，用頭磨蹭過來。
「真的對不起啦，我原本打算早點回來的。」
水碗也空了。秀太咬著嘴唇，懊悔自己的疏忽。脫下外套，先把水和飼料裝入碗中。
就這樣暫時看著貓吃飯喝水。
「……我真是的，連一隻貓都照顧不好。妳卻連句抱怨都沒有，一直乖乖在家等，比我厲害多了。」
屋內沒有被貓抓過的痕跡。想到這孩子一直乖乖在家等，不由得眼眶一熱。
隱約聽見電子音，是手機在響。摸了口袋沒找到手機，這才想到自己放在包包裡。離開公司時，像逃離似的把桌上的東西全部掃進包包了。
拿起手機一看，是母親打來的。

「喂，媽？」電話那頭傳來母親的聲音，令秀太心頭一緊。「沒有啦，已經在家了，剛回來……嗯、沒有啊，吃了喔，別擔心。」

母親偶爾會打電話來，每次都沒什麼重要的事。秀太的回應也一如往常。

「……所以我不是說過很多次嗎？這份工作和中途錄取不一樣，是畢業三年內的轉換跑道，比應屆畢業生更受工作重用喔。這已經是現代趨勢了啦。」

母親總擔心秀太工作不順利。大學畢業後，秀太曾在地方上一間中規模食品公司找到工作。可是，不但被派到偏僻的工廠，還被其他工作多年的約聘員工欺負得很凶，不到半年就離職了。秀太的人生第一次遇到這麼大挫折，當時的茫然和沮喪，到現在都還記得很清楚。

也記得父母……尤其是父親失望不已的表情。雖然嘴上沒說，看到大學畢業的兒子這麼快就辭職，他一定很灰心。

所以，被現在這間比上一份工作知名度更高的公司錄取時，秀太真的打從心底感到高興。這麼一來，在父母及周遭的人面前就能保住面子了。

「……沒事啦，別擔心。現在的公司和之前不同啊，這裡可是一流企業，等級完全不一樣喔。」

秀太輕聲乾笑著回答，感覺自己的心也乾成了一片沙漠。

「……不是說了嗎？別看我這樣，公司還挺看好我的……今天朝會的時候，也被上司說就差第一名的業務那麼一點了。嗯？沒有啦，沒什麼厲害的，就算我只差一點，其他人也都很努力啊。」

大家都很努力。

大家，都很努力。

為了不讓母親聽出自己的聲音顫抖，秀太臉上肌肉用力得都要抽搐了。大家都在努力啊，不是只有自己在努力。

掛上電話，身旁的灰貓已經吃完飼料，正在用前腳擦拭嘴巴。擦完之後，又伸出舌頭舔起那隻腳。

——用剛吃過飼料的舌頭舔腳，怎麼舔得乾淨？

秀太忍不住笑出來。貓仔細地舔完前腳後，開始用那隻腳摩擦自己的臉。小心翼翼地，花時間慢慢摩擦整理。揉眼睛的動作看上去和人類簡直沒兩樣。連頭上和耳朵的毛都整理好後，這才心滿意足地放鬆休息。
「當貓真好，過得這麼悠哉。」
秀太伸出手，摸摸貓的頭。貓雖然乖乖讓他摸，等秀太的手一離開，馬上又舔舔前腳，然後用腳摩擦整理自己的臉。那模樣看上去，就像是不滿意整理好的髮型被摸亂，比剛才更認真地擦臉、理毛。
「什麼嘛，妳這傢伙真沒禮貌。既然如此，看我不把妳的頭髮搓得更亂！」
再次伸出手，貓優雅地閃了開。跑到離秀太稍遠的地方繼續理毛。
「抱歉抱歉，我不會再弄了啦，過來這邊。」
可是，貓就是不靠近了。一副「撒嬌已經結束」的冷淡表情，看得秀太忍不住笑出聲音。除了打圓場的假笑之外，已經很久沒像這樣笑了。
木島強塞給自己的麻煩事和公司裡那些難熬的場景，瞬間全都拋到腦後。還能夠遺忘這些，或許是貓帶來的功效。
不經意地想，只要撐過今天，說不定明天真的會比較輕鬆。

遠處傳來某個聲音。秀太微微睜開眼睛，心想「對喔」。今天想早點去公司，昨晚特地把鬧鐘設定得比平時早。

鬧鈴尖銳的聲音中，夾雜著某個奇怪的聲音。喀啦喀啦，啪哩啪哩。

一早就耳鳴嗎？自己都覺得好笑。可是，那啪哩啪哩的聲音愈來愈大，嚇得秀太從床上跳起來。

整間屋子裡都是紙花。

怎麼回事？這是我家嗎？

茫然失措時，耳邊又傳來「啪哩啪哩」的聲音。轉頭一看，就在房間角落裡，貓正靈巧地用前腳壓住一張紙，再用嘴巴把紙張撕破。

「小B、小B……妳在做什麼啊？」

這麼問也只是徒然，貓怎麼可能回答。她只是叼著紙，轉過頭。那張被撕破的紙上寫著「精算報告書」。

秀太一陣錯愕。那是原本打算今天偷偷放回課長抽屜的文件。貓就像是炫耀似的伸出爪子，抓破了那疊紙。

「為什麼……為什麼要做這種事……」

昨晚並未把文件從信封袋裡拿出來啊。只是，仔細一看，手提包的蓋子敞開沒關。拿手機出來後，大概就這麼放在一旁了。貓可能是咬著信封袋，整袋叼出來了吧。

「喵」的一聲，柔軟的身體靠過來秀太腳邊磨蹭。隔著薄薄的睡褲也能感受到那軟綿綿的觸感。在紙花散落一地，幾乎沒有一塊完整落腳處的屋內，貓走路時依然輕盈得不發出絲毫腳步聲。

秀太偷偷摸摸進了公司。唯一認識的財務部同事，是之前聚餐時坐在旁邊的坂下結衣菜。一邊祈禱她已經來了，一邊悄悄走向財務部。

時間還早，公司裡還沒有幾個同事。往財務部辦公室內一看，看到結衣菜時，情不自禁鬆了口氣。趁著沒人注意時喊了她，她也還記得秀太。

「呃……你是業務部的香川吧？有什麼事嗎？」

「坂下小姐，有件事想拜託妳，事關我的一輩子，請妳一定要幫我。」

秀太拿出破破爛爛的文件，結衣菜看得瞠目結舌。

「這是什麼……要給客戶的收據？」

「是開給江本課長客戶的收據。聽說是出納課特別開立的，客戶清單在這邊。」

只有這張客戶清單逃過了貓的毒手。看到這份客戶清單，結衣菜皺起眉頭。

「怎麼這麼多份？你的意思是，業務直接把收據交到客戶手上嗎？這太扯了吧？而且，為什麼這樣破破爛爛的？」

結衣菜顯然覺得可疑，為了說服她，秀太老實說明了前後經過，只省略了木島的事。說完，他雙手合掌，低頭拜託：

「真的拜託妳了，別讓江本課長知道，偷偷重開收據給我吧。」

「欸？這是不可能的事啊。客戶相關的文件一定要有上頭許可才能開，像你這樣口頭拜託，我是不可能直接開立的，更別說讓業務直接拿去給客戶。」

「可是，聽說江本課長都是靠關係開立的喔。因為這份清單上的客戶，都是他的多年貴客，或許有什麼我們不知道的處理方法？」

「我是不這麼認為啦……」

結衣菜臉一沉，表情充滿懷疑。秀太死命請求。

「要是被江本課長知道，他一定會殺了我。那個人真的跟鬼一樣恐怖。所以拜託妳了，請私下幫我開齊這些收據吧。拜託！」

一再請求之後，結衣菜才勉強說：

「總之我先去查一下開立紀錄，確認是不是真的開過這些收據。說不定真的有什麼我不知道的公司內部規定。」

「是啊。」秀太鬆了一口氣。「畢竟這是一間黑心公司，連加班費都不怎麼給。」

「公司不都是這樣的嗎？」

結衣菜露出嘲諷的笑容，走回自己座位。

雖然問題還沒解決，至少看到了一絲希望。結衣菜的態度也讓秀太頗有好感。她感覺很可靠，一定能幫助自己。就算事情最後進行得不順利，也要好好答謝人家。

這天上午，秀太按照預定行程拜訪客戶，回到業務部時已是下午。江本坐在自己的位子上，一臉不悅，悶不吭聲。雖然察覺到課長今天特別安靜，大家都刻意不靠近他，秀太也裝作不知情的樣子。

傍晚，打算去財務部看看狀況，才剛踏出業務部，背後就有人抓住秀太的襯衫，用力將他拉到緊急逃生梯的樓梯間。發現對方是江本，秀太倒抽一口氣。

「課、課長。」

「你到底在搞什麼鬼！」

江本臉色鐵青，嘴角激動得冒泡。和過去威嚇的表情不同，現在的他臉色陰沉得難看，語氣咄咄逼人。

「聽說你去拜託財務部重開收據？開什麼玩笑！」

江本手上抓著那張皺巴巴的顧客清單。全部都被他知道了啊……秀太全身無力，差點腿軟。

「不、不好意思！因為我不小心把客戶的重要文件弄髒了……」

「那種事不重要！為什麼收據會在你手上啊！木島那傢伙呢？」

「他……」

江本就在耳邊怒吼，鼓膜差點被震破。沒想到江本會這麼生氣，也不知道到底該從哪裡開始解釋才好，只感到非常害怕。

「木島他……他把文件交給我就辭職了。他說不回公司了。」

聽到這句話，江本露出錯愕的表情。像在找尋什麼似的，失焦的眼神盯著腳邊看，又突然抬起頭。

「你給我辭職！」

「欸？」

「現在馬上辭職！你也要辭！聽好了，你們這種人只會給公司造成困擾。像你們這種派不上用場的業務，本來就是免洗筷啦。文件的事我會去跟財務部好好說明，總之，把重要文件弄丟的人就是你。按照規矩來的話，是要懲戒解僱的，我今天就大發慈悲，讓你自請離職吧。」

江本步步逼近，表情雖然在笑，雙眼卻充血發紅。

秀太陷入了混亂。

「課、課長，文件沒有弄丟，其實是我家的貓搗蛋——」

「那種事，怎樣都無所謂啦！」

江本的大嗓門響徹樓梯間，他一把揪住秀太衣領。

「你被開除了！炒魷魚！像你這種偽造文書的傢伙，就該直接開除！」

「課、課長？」

「證據都齊全了！你去拜託財務部偽造收據的證據！你和木島是一夥的，聯手誆騙客戶！罪證確鑿！」

這個人到底在說什麼？

前後矛盾的發展，令秀太不知所措。唯獨「解僱」兩個字帶來了巨大的衝擊。

「別小看我！不管怎樣我都要開除你！像你們這種只會讓公司蒙受損失的傢伙，離開公司才是為大家好！快給我辭職！辭職！現在馬上辭職！」

腦中像有什麼應聲斷裂。秀太背轉過身，衝下階梯。江本的怒吼與辱罵都聽不進耳中了。現在只想趕快逃離這裡，一心只有這個念頭。

放在診間桌上的外出籠中，傳出微弱的喵喵聲。

秀太一陣愧疚不安。在江本的恐嚇下逃離公司後，自己立刻衝回家，硬是把貓塞進外出籠。對貓來說，一定完全搞不清楚發生了什麼事。

但是，自己還不是一樣？在完全搞不清楚發生了什麼事的狀況下逃離。比起試圖理解，優先選擇保護自己萎縮的心。

「唔姆……」醫生裝傻似的盤起雙手說「這樣啊」。

「……劈頭就說要開除人，還那樣大吼大叫的，任誰都會莫名其妙吧。雖說把公司重要的文件弄壞是我的錯，可是，也沒必要只因為這樣就那麼生氣吧？」

說明狀況之間，秀太重拾了幾分冷靜。衝來這裡興師問罪確實是搞錯地方了，自己也有點不好意思。

「嗯……」醫生依然一副狀況外的樣子說：「我是不太清楚外面世界的事啦，但也不是這麼輕易就能解僱一個員工的吧？啊、千歲小姐，請把這隻貓帶走。」

護理師走進來，醫生這麼對她說。只見她面無表情拎起外出籠，又消失在診間後方了。貓從眼前離開後，秀太忽然有點失落。不過，他硬是壓下這種感覺。

「一般來說是這樣沒錯。可是，當身心受到工作摧殘時，比起讓員工休長假，更多公司會乾脆要求你離職。現在的社會風氣就是這樣。從江本課長那個態度看來，我真的有可能遭到懲戒解僱。要是那樣，想再找下一份工作就不容易了。」
「這樣啊。總之，你不要太介意啦。那麼，預約的病患差不多也快到了……」
醫生笑著指向門口。原本已經冷靜下來的秀太，忍不住又怒上心頭。
「你有聽到我剛才說什麼嗎？我被公司解僱了耶！無論理由是什麼，起因都是你家的貓把公司文件咬爛造成的吧？你卻講得像事不干己一樣……你要怎麼負起責任？」
「叫我負責任？真傷腦筋啊。」
醫生語帶含糊，避重就輕。
「嗯……換句話說，香川先生你想回那間黑心公司工作，是嗎？」
「咦？」
秀太輕輕倒抽一口氣。
那真的是自己想要的嗎？假設回去了，自己真能在那個職場重新振作嗎？還是像木島說的，回去了也只是重蹈覆轍？
只是，對父母怎麼說得出口。昨天還要母親別擔心，今天就突然被解僱。這種話無論如何都說不出口。

秀太黯然地低下頭，凝視握在腿上的拳頭。

「……我不想回那裡。事到如今，哪裡都好，請你負責幫我找到下一份工作。」

「知道了，那就開貓給你吧。」

醫生回過頭，對著簾子那頭說：

「千歲小姐，請帶貓過來。」

護理師馬上現身，手上提著外出籠，一臉不悅地說：

「尼克醫生，這個人真的可以嗎？」

「可以可以，沒問題的。千歲小姐就是愛操心。」

「有什麼事我可不管喔。」

護理師滿不客氣地嗆完，把外出籠放在桌上就出去了。在這間醫院裡，醫生和護士地位對等，甚至護士好像還比醫生大牌。

或許注意到秀太不安的視線，醫生苦笑著說：

「啊哈哈，我好像太不可靠了，每次都被罵。不過，別看我們家的護理師那樣，她也有溫柔的地方喔。這就是俗話說的傲嬌吧。」

「喔……」

這位醫生雖然看似和善親人，有時卻又突然表現冷淡，教人難以捉摸。外表是個成熟穩重，身段柔軟的青年。或許還沒結婚，說不定和剛才那位和風美人護理師在交往。

腦中一邊如此想像，一邊朝桌上的外出籠投以一瞥。秀太眨了眨眼。

「這不是同一隻貓嗎？」

籠子裡的，是灰毛金眼的貓，小B。她正抬頭往這邊看。

「是啊，我看你也沒出現副作用，暫時就還是開同一隻貓吧。我想想喔……這次就先服用十天好了。如果覺得不適合，中途送回來也沒關係，請隨時跟我們聯絡。」

「請問──」

「什麼事？」

「同一隻貓嗎？」

秀太傻傻地問，醫生像是感到疑惑，朝籠門邊窺看。

「你想要更強效的貓嗎？」

「不、不是的，這隻貓就好。」

秀太點點頭，醫生咧嘴一笑，把籠子推過來。

「那麼，請多保重。喔對了，會開給你處方箋，請到櫃檯領了再回去。」

再度像被趕出來似的走出診間。那位臭臉護理師已經等在櫃檯內了。

「這些是配給的物品，裡面有說明書，請仔細閱讀。」

袋中除了飼料和貓砂外，還有個瓦楞紙板。大概是貓抓板吧，秀太對護理師投以詢問的眼神，她沒好氣地說：

「貓抓板要是壞了，或是貓不喜歡，不想用，還請另行購買。」

「啊、要我自己買嗎？」

此外，袋子裡還有一個橘色的項圈。比自己手腕繞一圈還小的項圈，以及一條繩子。是牽繩嗎？項圈和牽繩都是新的。

「請問，這個是……」

「裡面有說明書，請仔細閱讀。」
「這是……」
「請仔細閱讀。」
「……好的。」
還沒完全回過神來，提著紙袋走出醫院。這次說明書寫了什麼呢？這麼想著，秀太從袋子裡拿出說明書。
「名稱：小B。母貓。年齡推估為八歲。米克斯。食物：早上和晚上適量餵食。水：隨時。排泄處理：適當時機。外出時一定要戴上項圈及牽繩。為了紓解貓的壓力，請經常提供貓抓板。因為有可能情緒不穩定，請避免讓貓長時間獨處。以上。」
「外出時」是什麼意思呢？一邊想著，一邊忍不住無奈地笑出來。是像遛狗那樣繫上牽繩帶出門遛的意思嗎？光是戴項圈都覺得可憐了，實在不想做那種事。
走出大樓，站在巷子裡仰望天空，天色已經黑了。
「小B。」

秀太叫了貓的名字，貓也正在看他。提在手上的重量是愈來愈熟悉了。

走出那棟大樓後，或許還在發呆的關係，回過神時才發現自己走上了與回家相反的方向。

錦市場就在眼前。正打算穿過這條位於錦小路通上的拱頂商店街，外出籠裡的貓就開始躁動。或許這裡人太多，食物的味道又太重，才會讓她出現這樣的反應。

放棄走入錦市場，秀太往北拐彎。往前走了一會兒，在六角通前聽到很大的聲響，外出籠又搖晃起來。那是六角堂敲鐘的聲音，貓似乎被嚇到了，大聲喵喵叫。無奈之餘，秀太只好再往東轉。

已經搞不清楚自己現在身在何方了，乾脆隨意地往前走。這裡的街道規劃成棋盤格，只要繼續直直走，總會走到哪條大馬路上。

一步一步慢慢往前，心想就算把這些有點奇怪的路名全都記起來也沒用。主要大道的烏丸通，剛來的時候還曾把「烏」看成了「鳥」。雖然現在已經記起來了，一切也終將變成徒勞。

前方有間便利商店。因為這不是平常會走的路，也就沒去過那間店。即使回家，家裡也沒吃的，外出籠裡的貓現在還算安靜，不如去買點吃的再回公寓吧。然而，盯著貨架上的便當，秀太找不到想吃的東西。

沒有食慾，沒有工作，存款也很快就會花光了吧。

對了，自己甚至沒有女朋友。忽然想起今天早上說過話的坂下結衣菜。雖然不是在責怪什麼，但很想問問她，為什麼要把那份清單交給江本。等事情告一段落之後，不如約她吃頓飯吧。

都什麼時候了還如此悠哉，秀太感到有點滑稽，忍不住笑出來。就在這時，旁邊的年輕男人瞪了秀太一眼：

「喂，你這傢伙笑屁啊？」

那是個頭上纏著毛巾，身穿工作服的男人。遇到這種凶神惡煞時，最好是走為上策。秀太急忙朝出口的方向轉身。

順著這個動作，手上外出籠的蓋子不小心打了開，貓咻地跳出來。

「欸？」

貓落在便利商店地板上，腳步輕盈無聲。就那麼一瞬間，正好有客人進店，自動門敞開，貓便從那個人雙腿間鑽出去。

「小B——！」

秀太立刻追上前。可是，已經看不到貓的身影了。停車場上停有幾輛車，秀太一一趴在車底下找。

「不會吧，喂，小B。妳在哪啊？」

聽見小小聲的「喵」，抬頭一看，貓正坐在一輛黑色汽車的引擎蓋上。秀太這才鬆了一口氣。

「太好了，小B。過來……」朝貓伸出手時，她卻用兩隻前爪喀啦喀啦抓起那輛黑色汽車的引擎蓋。

秀太倒抽一大口氣，面無血色。

然而，更令他受到驚嚇的，是背後傳來的叫聲。

「嗚哇啊啊啊啊！」

剛才那個穿工作服的男人，一臉鐵青地跑過來。

「大哥的新車！」

穿工作服的男人跑到車子旁，貓急忙往上跳，從引擎蓋跳上車頂。不只如此，她還再度伸出前爪，喀啦喀啦地抓起車頂。

「慘了啦！慘了啦！」

穿工作服的男人幾乎快哭出來了，用自己的衣袖擦拭引擎蓋。這時，貓乖乖回到了腳邊，秀太就在一陣茫然中把她抱起來。

「小B……」

「這是你的貓？」

一個安靜低沉的聲音，把秀太嚇了一跳。不知何時，自己身邊又站了另一個男人。男人長相頗為凶狠，穿著打扮很有男子氣概。從敞開的襯衫領口，可以看到粗粗的金項鍊。

「大、大哥！對不起！都是這隻臭貓——」

「白痴！」

驚人的怒吼，令穿工作服的男人和秀太都嚇得一動也不敢動，就連四周經過的路人也停下來看。

「抱怨貓有什麼用！」

「對、對不起！」

穿工作服的男人猛低頭賠罪，長相凶狠的男人看一眼汽車引擎蓋，嘴上嘖了一聲。

「喂、小哥。」

長相凶狠的男人對全身僵硬的秀太這麼說。

「是、是！」

「我不喜歡囉囉唆唆，但這種事情只能說是飼主管理不當吧。換句話說，貓沒有罪，錯在飼主身上。你不認為嗎？」

「啊、是，我、我也這麼認為。」

「那很好，讓我們來好好算這筆帳吧。喂、康介，帶這位小哥到我們公司去。」

「是！」穿工作服的男人抬起頭，惡狠狠地盯著秀太。

所謂公司……該不會是那種不妙的行業吧？

腦中浮現自己被圍毆的情景。事情糟透了，不但失去工作，這下連命也要沒了嗎？

雙手抱著的貓忽然變得好沉重，但也非常溫暖。小B一副對什麼都無所謂的樣子，乖巧地縮在秀太懷中。

對了，說明書上不是有寫嗎？「外出時一定要戴上項圈及牽繩。為了紓解貓的壓力，請經常提供貓抓板。」

瞥一眼被抓花的黑色汽車，秀太內心暗忖，原來項圈、牽繩和貓抓板是為了預防這種事情發生。

辦公室的牆上，有一個小小的神龕。

令人比較在意的也就只有這點了。

原本還以為屋內會擺設著日本刀，或是掛上黑道的組織徽章。但是，秀太被帶去的地方，只是一間普通的建設公司。停車場裡停有小型挖土機和小卡車，身穿寬鬆土木工作褲的男人頻繁進出。

秀太把裝了貓的外出籠放在腿上，坐在辦公室角落的接待區等待。來這裡的一路上，樋口康介一邊開著那輛黑頭車，一邊滿口炫耀現在要去的地方是自家公司擁有的大樓。這男人話很多，連社長太太遲遲不准社長買新車，好不容易獲得允許，社長每天都在引頸期盼新車到來的事都說了。坐在後座的當事人陣內社長則是始終一臉不爽，默不吭聲。

「什麼？才剛買的車就破相了？」

一個尖銳的聲音響遍整間辦公室。

「康介！你到底在搞什麼鬼？」

仔細一看，康介站在一個戴眼鏡，似乎有點神經質的中年女人面前，正被罵得灰頭土臉。

「對不起，皐月大姐，都是那隻臭貓突然抓車——」

「怎麼能把錯推到貓身上！是你自告奮勇說要當社長司機的吧？還有，拜託別再叫我大姐了，我又不是黑道老大的女人！」

「對不起，皐月大姐。」

康介低下頭，辦公室裡其他員工紛紛發出竊笑。看來這位戴眼鏡的女士名叫皐月，是這間公司的老大。

耳邊傳來一陣低沉的笑聲。辦公室後面一套真皮沙發上，陣內社長笑得前仰後合。

「黑道老大的女人哪會這麼吝嗇啊。」

「你再給我說一次。」皐月瞪了他一眼。「話說回來，只不過是去個便利商店，有必要專程開車嗎？真是的，每次新買了什麼就得意忘形……」

皐月一邊喃喃嘀咕，一邊在秀太面前坐下，神經質地皺起雙眉。

「你好，我是負責這間公司會計的陣內。」

「您、您好，敝姓香川。這次真的很抱歉，給貴公司造成困擾……」

秀太低下頭。皐月和社長同姓陣內，看來她就是社長夫人了。想偷瞄一眼皐月，卻正好與她視線相接。

「你幾歲了？看起來很年輕，該不會還是學生吧？住在哪？有保險嗎？我們會先簡單估一下修理費用，再跟保險公司商量汽車保險能不能核保。你也去跟自己的保險公司商量看看好嗎？我想應該不用多少錢，畢竟是新車。」

「呃、呃……」

皐月劈哩啪啦地說了一長串，秀太回應得語無倫次。於是，皐月又皺起眉頭，疑惑地問：

「你做什麼工作？穿西裝還提著貓的外出籠走來走去，是在做什麼？」

「呃、那個……我沒有工作。」

「沒工作？」

「直到昨天，都還在大公司工作，只是剛好今天被開除……不、是我自請離職的。」

「所以現在是無業遊民？」

這單純的結論宛如一把箭，刺穿秀太的心。低下頭沮喪地說「對」。

忽然感覺陰影罩頂，抬頭一看，陣內社長站在一旁，低頭看著秀太。

「有兩種人，我絕對不原諒。」

「咦？」

「一種是好手好腳卻不工作，整天遊手好閒的年輕人。只要看到這種傢伙，我就一肚子火。」

「那個……我沒有遊手好閒，真的直到今天上午都還好好地在公司——」

「至於另一種人啊！」陣內突然大起嗓門。「就是虐待貓咪的傢伙！」

「貓咪？」

秀太有點慌張，籠內的貓也順勢動起來。社長口中的貓咪指的是小B嗎？虐待貓咪的傢伙是指我嗎？

「沒錯。誰敢虐待這麼可愛的生物，我絕對不會放過那種人。這種混帳東西，就由我來好好重新教訓一番！」

陣內一吼叫，皐月就露出厭煩的表情，嘴歪眼斜地說：

「你小聲一點啦。滿口都是貓、貓、貓……這位小哥……你叫香川是嗎？你別管這個人了，他就是貓咪影片看太多，還以為自己也有養貓咧。」

陣內不滿地「嘖」了一聲。「如果我是飼主，絕對不會把貓放在這種蓋子輕易就會打開的便宜外出籠，也不會在沒上項圈牽繩的狀態下帶貓外出。萬一貓咪走丟了，到底打算怎麼辦？太不負責任了吧？啊？」

「那個……項圈是有的。我原本打算回家再幫她戴上……」

秀太急忙從紙袋裡拿出項圈。一看到那個，陣內更是大聲怒吼。

「這尺寸不合吧！」

陣內搶過紙袋，把裡面東西全部拿出來。看到醫院給的貓飼料袋，更是瞪大了眼睛說：

「這什麼鬼東西？你有好好看過成分表才買嗎？碳水化合物的比例會不會太高了啊！給成貓吃的飼料，應該需要更多動物性蛋白質才對吧！」

「蛋白質？」

給貓……蛋白質？瞥一眼腿上的外出籠，小B似乎縮到最裡面去了，看不到她。

「我不太清楚那種事……可是這確實是貓飼料，應該沒問題吧……」

「你說什麼？」陣內的眼神愈來愈凶狠。「我問你，這隻貓幾歲了？不管怎麼看都是隻幼貓吧？」

「沒、沒記錯的話，應該不是幼貓了，但也沒有很老……啊、對了，說明書上寫著她八歲。才八歲而已。再說，昨天她也吃了這些飼料，還吃得很津津有味呢……」

「你是惡魔嗎？」

看到陣內這麼激動，秀太驚訝得嘴巴都合不攏。明明張牙舞爪的他才更像個惡鬼。

「八歲的貓已經快要稱得上高齡，是最需要費心照顧的年紀吧！你居然這麼隨便對待她！還想給她套上這種太小的項圈，是想勒死她嗎……氣死我了，氣死我了！」

「我說你，太大聲了啦。人家香川先生都嚇到了。」

皐月一臉無奈地介入勸阻，秀太這才鬆了一口氣。然而，皐月眼鏡下的目光，卻比陣內更犀利。

「修理費用，粗估大概要一百萬。」

「一百萬?怎麼會這麼貴?」
秀太露出苦笑。原以為在開玩笑,仔細看陣內夫妻的表情,他們似乎是認真的,不由得一陣錯愕。
「不、我沒辦法,沒那麼多錢,又剛辭掉工作。」
「這樣的話,你從明天開始來這邊上班!」
陣內用嚴厲的語氣說。
「修理費用就從你每天的日薪扣。只要願意認真工作,我們都會支付與勞力相當的薪水,不到半年就能還清修理費用了。」
「在這裡工作……?」
辦公室裡都是身穿建築工作服的壯漢,連陣內本人的體型都比秀太大上一號。很顯然的,所謂工作應該是指勞力活。即使如此,秀太仍抱著一絲希望,抬眼窺看皐月。
「請問,是要叫我幫忙會計的工作嗎?」
「當然是工地的工作啊,你得在外頭揮汗努力。」

「不可能的，我從來沒做過粗活，也不擅長運動。」

「少囉唆，明天就給我過來報到，可以吧？」說完，低頭睥睨秀太的陣內眼中滿是殺氣。

秀太不再多說什麼。沒錯，是自己說「哪裡都好」的。可是，好不容易逃出黑心企業，下一份工作竟然更糟糕。

外出籠裡的貓不安分地動起來。重新閱讀一次處方箋，心想這次絕對不能再搞錯什麼了。

「喂，小哥，你那種搬法會傷到腰喔。」

曬得一身黝黑的粗獷男人們一邊笑一邊搬運鋼筋。年紀看上去似乎還比秀太的父親大，大家扛起鋼筋卻輕鬆得像那只是幾根小木條。

今天做的是住宅區內小公園的修補工程。拆掉老舊的攀爬架，重新砌上新的水泥，砍掉長得太高的樹。秀太以工班一分子的身分參加，能做的事卻不多，連搬動「工程進行中」的牌子都搖搖晃晃，踩不穩腳步。剛才的三角錐也是，都是些即使看過也沒碰過的東西。更別說是用來搬運砂石的單輪手推車，秀太連怎麼推都不知道。把砍下的樹枝集中到同一處時，還自己絆腳跌倒，看得周遭大家都傻眼了。

好不容易到午休時間，大家紛紛走向便利商店。也有人打開自己帶來的便當。只有秀太累得動彈不得，坐在地上。

忽然感覺陰影籠罩，抬頭一看，是昨天開車的樋口康介。說著「給你」，遞上了一個便當。

「咦？你幫我買的嗎？」

秀太虛弱地笑著，收下便當。康介在他身旁坐下。

「陣內社長和皐月大姐要我照顧你啊。畢竟，你也算是我撿回來的啦。」

「什麼撿回來的……哈哈。」

康介怎麼看都比自己小，頂多二十歲吧。問了他今年幾歲，說是二十二。

「不過，說起來我也是社長撿回來的。我啊，幾年前真的淪落到很慘的地步。」

康介笑得毫無心機。秀太一邊吃便當一邊問：

「很慘是怎樣？沒工作又欠債嗎？」

「對對對，因為太缺錢，差點要去搶那間便利商店。可是被正好在場的社長看見，就把我拉到辦公室去揍了一頓。你還算幸運的呢，得好好感謝那隻貓才行。」

想知道的事跟不想知道的事都太多了，還是別追問的好，秀太回以乾笑。看來只能死命工作了，盡可能早點清償修理費用，再去找個正式一點的工作吧。

天黑前結束工程，回到公司，資深員工陸續走進辦公室。把工具搬下車是新人的工作，但秀太手無縛雞之力，幾乎都靠康介一個人搬。

好久沒像這樣勞動身體了，明天一定會肌肉痠痛。踩著踉蹌腳步走進辦公室，負責會計的陣內皐月正在發現金給領日薪的作業員。原來現在還有這種職場啊。

「來，香川，你也快來領。」

「咦？我也算領日薪的嗎？」

「那當然啊。你還沒從上一間公司辦理離職吧？快去把手續辦一辦，這段期間要是受傷或遇上什麼意外就麻煩了喔。」

應了一聲「喔」，從皐月手中接過信封。昨天就那樣衝出公司，之後也沒跟任何人聯絡。明知這幾天得找時間回去辦手續才行，但怎麼也提不起勁。

「貓。」

皐月冷冷地說。腳邊擺著外出籠。

從籠網邊緣看得見貓的屁股，裡面是那間醫院開給自己的處方貓，小B。

「啊……不好意思，我還把貓帶到職場來。」

「沒關係啦，總不能放這孩子長時間自己在家吧。也是有像她這樣纖細敏感的貓啊，是吧？小B很乖呢。」

皐月窺伺籠內，貓像在回應她，輕輕搖著屁股。

「這樣啊，她一整天都待在這？」

「怎麼可能，到剛才都放在那個紙箱裡喔。」

順著皐月視線望過去，一個留下咬痕的紙箱散放在地上。看來貓玩得很盡興。外出籠旁還有飼料袋，不是秀太帶來那包。

「這該不會是您特地買來的吧？」

「要是被社長看見，他又要抓狂了。在事情變得那麼麻煩前，你們快點回去吧。」

陣內今天去其他地方工作，從早上就沒遇到他。要是知道自己還在餵貓吃他口中「碳水化合物比例不對」的飼料，這次搞不好真的會被吊起來打。

「不好意思。」

秀太覺得很抱歉。沒時間準備新的飼料，只能帶醫院配給的那包來。真要追究的話，光是帶貓來上班的舉動就夠扯了。不過，當時抱著死馬當活馬醫的心情試著拜託之後，陣內夫妻對看彼此一眼，嘴上雖然叨唸著「沒辦法」，最後還是接受了。

就算是這樣，也不可能每天都這麼做。心想，還是現在就把貓帶去還給醫院吧。可是實在太累，連把外出籠提起來的力氣都沒有。皐月訝異地說：

「喂喂，香川，你沒問題吧？整個人搖搖晃晃的喔。」

「沒、沒事的，在社長回來前，我得趕快……」

一群滿身泥濘的員工吵吵鬧鬧地回來了，其中也包括陣內社長。和昨天那身黑道西裝不同，今天他和大家一樣穿著工作服。

「唷，還在啊？」

糟了，被發現了。秀太慌張起來。然而，陣內只是蹲下來，打開外出籠，抱出貓。只見他用熟練的動作托住貓的屁股，貓也乖乖讓他抱起來。陣內一副很高興的樣子。

「小B，我給妳買了新項圈喔。」

「不會吧，你丟下工作了嗎？」皐月苦笑著問。

「白痴啊，我是利用休息時間去寵物用品店買啦。請店家用特急件完成的喔，妳看。」說著，陣內從一個漂亮的袋子裡拿出黃色項圈。「怎麼樣，很可愛吧？連名字都刻上去了。跟小B眼睛一樣的金黃色。」

柔軟的皮質項圈上貼著一小塊牌子，上面刻著小B的名字。想像這個身穿工作服，一臉凶神惡煞的大男人獨自前往寵物用品店，急著請店家幫忙為貓刻名牌的樣子，內心不免有些複雜。

「那個，陣內先生，謝謝您專程跑一趟。」

「搞什麼，你怎麼還在啊？」

陣內的表情和面對貓時完全不同。不過，他馬上又轉向了貓，頓時笑容滿面。

「小B已經吃過飯了嗎？要不要和大叔一起吃？」

「已經吃過了啦，我餵的。」皐月哼了一聲。
「啊啊？嘖，妳怎麼趁老公揮汗辛苦工作時自己享樂啦！」
「啥？你在說什麼蠢話，小B該吃飯就吃飯，憑什麼要她配合你的時間。」
陣內夫妻隔著貓吵起架來，貓還乖乖讓陣內抱在懷裡。
好想回家。
秀太聽著兩人鬥嘴，全身累得像要解體。陣內連刻了名字的項圈都買了，這筆錢之後一定也會跟自己請款吧。
時間一眨眼就過，看來今天也無法把貓還回診所了。問陣內夫妻明天能不能也帶貓來，他們看了看彼此。
「如果你堅持的話，我是無所謂啦。」皐月說。
「對啊，如果你非這麼做不可的話，我也沒意見。」陣內說。
說完，兩人又開始逗貓。至少，在這間公司工作這段期間，是不用擔心貓會感到寂寞了。

遠處傳來鬧鐘的聲音。

好奇怪。明明想起床，身體卻從剛才就動彈不得。簡直就像鬼壓床。

腳邊傳來微弱的喵喵聲。貓已經起來了，大概想吃飯吧。

「唔唔唔……」

發得出聲音，頭也能轉動。只是，脖子以下的身體不聽使喚。不管試圖起身幾次都沒辦法，到最後甚至泛出了淚水。

原先只是心情生了病，身體一直沒什麼問題。可是，自從去了那間奇怪的診所，一切都開始朝莫名其妙的方向改變。正當秀太仰躺在床上流淚，忽然聽見外面傳來有人說話的聲音。

「發生什麼事我都不管喔，請你們負起責任。」

這個熟悉的聲音來自管理員。接著，是個男人的大嗓門。

「沒關係！住在這裡的人是我小弟。」

是陣內。聽見門鎖轉動的聲音，門打開了。

「啊、社長，果然沒錯。那傢伙還在睡。」

陣內跟康介肆無忌憚地闖進房間，秀太勉強抬起頭說：

「請、請幫幫我。」

貓「喵」了一聲，用身體磨蹭陣內的腳。陣內蹲下來，撫摸貓咪的額頭。

「喔——好乖好乖，真可憐，被關在房間裡。」

說著，陣內只抱了貓就要離開。秀太發出虛弱的聲音挽留：

「請、請幫幫我，我動不了。」

「啥？少在那邊擺爛。」

「社長。」康介笑著過來床邊窺看。「所以我剛才不是說了嗎？當初我第一天上工後，隔天也是肌肉痠痛到爬不起來。」

「真是的，最近的年輕人怎麼都這麼軟弱。喂，你本來就太瘦了啦，下次請你吃燒肉，看能不能長胖點。」

秀太心想，燒肉就不用了，能不能先想辦法緩解這肌肉痠痛的狀況。

試圖起身，身體卻不斷顫抖，絲毫無法控制。聽見陣內「嘖」了一聲。

「喂、康介，我先去車上等，你拉這傢伙過來。」

陣內抱著貓走了。秀太被康介拉起來，一邊忍受肌肉痠痛一邊勉強換了衣服。

「謝謝你，康介。」

「沒事、沒事。不過你真的很幸運耶。哪像我，當初打算假裝不在家，死不應門也不開門，社長居然踹門進屋，硬把我拉去工地。你光是有隻貓，待遇就這麼不同，我是不是也該來養貓啊。」

「那隻貓不是我的，是人家暫時寄放的。」

要是說了這隻貓是「處方貓」，感覺解釋起來會很麻煩。秀太提起空的外出籠，康介又說：

「喔，那個應該不用帶吧。」

「可是回家時得用這個裝貓啊，我不可能一直抱著她。」

「今天一大早，有人送了一個超豪華的外出包到公司喔，和一些軟綿綿的墊子一起。」

「欸……」這下就連秀太也傻眼了。「社長他們是不是太過火了？如果真的這麼喜歡貓，自己養一隻不就好了嗎？」

「之前好像有養過。」

秀太跟著康介走出家門，腿用力過度，走路都內八了。

「這樣啊，是死掉了嗎？」

「大概吧。」

「可以再養一隻啊。」

與其把錢花在暫時收留的貓身上，自己養一隻不是比較好嗎。不管怎麼說，這段期間都把小B帶去公司吧。這樣就不用怕家門被社長踹破了。這樣比較好。

「今天的工程比昨天還吃力喔。」

康介咧嘴一笑，秀太嚇得冒出冷汗。感覺肌肉更痠痛了。

現在秀太每天早上，都把小B放在陣內買的豪華外出包裡，帶到公司寄放。這個外出包不只堅固耐用，具備各種功能，外觀還很時尚，比秀太在證券公司上班時用的手提包貴多了。到了公司之後，一把小B交給皐月，兼職的女性行政員工們立刻一擁而上。

「自從這孩子來了之後，公司氣氛變得好開心喔。皐月姐，直接把她養在公司嘛。」

「對啊，這孩子很乖又親人。有小B在，社長每天心情都很好。小B，小BB，真可愛。」

被行政員工們捧上了天，小B還是一副滿不在乎的表情。她雖然也有願意親近人，主動靠過來磨蹭的時候，有時卻會跳到架子上，打死都不肯下來。不過，只要有小B在，陣內心情就很好，這是毋庸置疑的事。

不只陣內，雖然態度或表情不明顯，皐月其實也很愛貓。現在，她腳邊就放了一個可以讓貓蜷縮起來睡覺的鬆軟睡墊。可惜小B不肯睡這裡，寧可跳進堆在辦公室牆邊的紙箱，屁股對著這邊，頭也埋起來了。

總覺得過意不去，秀太對小B說：

「小B，比起那個破紙箱，這邊睡起來更舒服喔。」

然而小B頭也不轉過來一下。明明應該有聽見，能對人類視若無睹到這種程度，只能說貓的心智真的非常強大。

「不可能、不可能。」皐月一邊寫收據一邊說。「貓只做自己想做的事。」
「可是，難得幫她買了這麼好的床……」
「沒關係，這個睡墊啊，還有電毯機能。等過陣子天氣冷了，她就離不開這裡嘍。」
還沒到正式上班時間，其他兼職的行政人員都在聊天，唯有皐月已經坐在辦公桌前工作了。她雖然嚴厲，但也是位努力工作的女性。
秀太在這間建設公司工作超過一星期了。儘管肌肉不出三天就不再痠痛，每天依然累得筋疲力盡。話雖如此，這裡給的日薪真的不錯，應該很快就能償還所有汽車的修理費用。可是，小B的處方日期只有十天，天氣變冷時她就不在這裡了。話說回來，陣內夫妻對待小B的方式實在有點教人傻眼。
「皐月姐，你們以前是不是養過貓啊？」
「是啊，五年前死了。算是長壽的貓喔，走的時候十九歲，很厲害吧。」
十九歲。秀太不知道原來貓的壽命可以有這麼長。他們一定很疼愛那隻貓吧。既然他們這麼喜歡貓，秀太決定問問看。

「不再養了嗎？」

「因為我家的孩子死掉了啊。」

皐月這麼回答，視線不離手上的收據。

她的聲音和表情都沒變，但秀太依然感受得到「不要再追問了」的意思。後來，康介和其他員工陸續來上班，這天秀太也到工地幫忙搬東西，回家時累得快要虛脫。

今天是離開證券公司的第十天。

坂下結衣菜約了秀太出來，兩人在車站附近的咖啡廳碰面。貓咪外出包就放在桌子下。

「我住院了？」

「對，我是這麼聽說的喔。」

結衣菜似乎很在意從外出包透氣窗看到的小B，視線一直落在腳邊。

「人事部的朋友告訴我，是江本課長直接去說的，他說香川你胃出了問題所以在住院。」

「他還沒開除我啊。」

秀太感到困惑。其實手邊還有跟公司借的東西，但卻完全沒收到要求歸還的聯絡，一直感到奇怪。現在才得知自己仍保有員工身分，內心五味雜陳。

「看課長那天來勢洶洶的，我還以為當天自己就曾被開除了呢。」

「關於這件事，事實上，就算是課長級的主管也不能擅自開除員工喔，他沒有這個權限。我們公司黑心歸黑心，當天開除還是完全不可能的事。畢竟員工也有員工的權益。」

「話是這樣說沒錯……」

可是，身為每天被斥責無能的人，就算有權益也跟沒有一樣。更何況，秀太在沒有正式離職的狀態下曠職了這麼多天，真的被開除也無話可說。

「我不知道課長為什麼要說那種謊，但他一定是在等我自請離職吧，我該自己回去辦手續……」

「我覺得，你先不要輕舉妄動比較好。」

結衣菜這麼說。她眼神嚴肅，看得秀太心頭一驚。結衣菜憂心忡忡似的喝了一口咖啡，又嘆了一口氣。

「香川上次拜託我的那些收據，沒有一張是透過正規管道開立的。我查到一半就被上司發現，上司直接去質問了江本課長。聽說江本課長嘴上說是誤會，卻當場慌慌張張地把那份清單搶了回去。」

「這樣啊，難怪清單會在課長手上。」

「不過，在那之前我有先留下影本。現在這件事已不在我手上，轉交給上面的人去調查了。話雖如此，經手金流的公司員工自行開立收據，這件事代表什麼，想來想去應該只有一個答案吧。」

結衣菜抬眼望向秀太。

她的眼神暗示什麼，秀太也很清楚。事實上，打從一開始他就很清楚。聲音自然而然壓低。

「盜領公款？」

「大概是吧。所以你先不要急著離職比較好。就算要走，也該是對方走。」

事情太嚴重，感覺非常不真實。秀太沉默下來，結衣菜就又盯著他的腳邊說：

「你要帶這隻貓去醫院？」

「欸？不、這隻貓是——」

說到這裡，赫然想起另一個問題。

「嗯，對啊。我等一下要去醫院。沒什麼事啦，只是保險起見。」

「貓幾歲了？叫什麼名字？」

「她叫小B，八歲，是女生。」

「小B啊，這名字真可愛。小B，小B。」

即使結衣菜叫了她的名字，小B仍不為所動。秀太向結衣菜道謝後，便朝「中京心的醫院」前進。大樓前一如往常昏暗，沉澱著不流通的空氣。手上的外出包沉甸甸的，這份重量也壓在心頭。

站在大樓入口，秀太對小B說：

「問妳喔，小B。妳在公司開心嗎？大家都對妳很好吧？」

小B依然是一副不理不睬的樣子。小B是一隻撒嬌時和不理人時落差很大的貓。早上起來，她會過來用身體磨蹭人，討東西吃。對她伸出手，她也會自己把頭埋進去。她的頭正好和秀太的掌心差不多大，輕輕用力就能整個握住，蓬鬆柔軟的頭頂摸起來很舒服。小B自己也會閉上眼睛享受。閉眼的貓看起來像在笑，連帶著自己也會跟著笑起來。

每天早上，秀太都會像這樣輕輕微笑。

雖然只是小事，長久以來自己卻一直辦不到。現在，是小B為自己帶來了笑容。

進入醫院，那個叫千歲的臭臉護理師坐在櫃檯裡。秀太什麼都還沒說，她就翻了翻眼皮。

「香川先生，請進。醫生在等你了。」

走進小小的診間，醫生等在其中。

「午安，香川先生。喔，你今天氣色很好呢。」

被醫生這麼一說，秀太不由得害羞起來，有這麼明顯嗎？明明在這間醫院也沒接受什麼治療，結果靠著這陣子的肉體勞動，每天都睡得很熟，食慾恢復了，體重也增加了。

醫生一邊敲鍵盤，一邊頻頻點頭。

「治療過程很順利，看起來也沒什麼問題。那麼，請把貓還給我們吧。下一位預約的病患要來了，今天就差不多到這邊。」

「請等一下。」

「嗯？還有什麼事嗎？」

擔心又要被趕出去，秀太著急起來。事實上，自己都還沒想清楚。外出包也還放在腿上。

「那個……請問，這隻貓能不能再借我一陣子？」

聽秀太這麼說，醫生歪了歪頭，露出疑惑表情。

「嗯……可是香川先生的症狀已經有改善，無須繼續服用呀？」

「不、呃……」

腦中浮現陣內和皐月的臉。兩人看小B時，總是滿眼的陶醉。

「身體狀況確實改善了。可是，我現在在新的職場工作，雖然不是壞公司，但也不是能一直待下去的規模。可以的話，我希望自己能進更大、更穩定的企業就職……所以，請讓我再服用這隻貓一陣子……」

「你不是已經在穩定的企業工作過了嗎？」

醫生用爽朗的語氣這麼說。

「香川先生，你之前不是說過，『我任職的公司，是滿有名氣的證券公司，甚至有拍企業形象廣告。』換句話說，你已經在『更大更穩定的企業』工作過了啊。」

看到醫生的笑容，秀太忽然愣住了。

繞了一大圈，最後又回到原本的位置。這豈不是跟沿著京都市內棋盤格狀街道走一樣嗎？看不到出口。

秀太沉默不語，醫生像是不忍心了，苦笑著說：

「想要在能一直待下去的地方工作是嗎……好吧，既然沒有什麼副作用，你想繼續服用這隻貓也可以。只是，這隻貓最多只能再開五天份喔。因為，她原本就是收容所裡確定要進行安樂處置的貓。」

「……安、安樂處置？」

「對，她是收容所的貓。在期限之前沒人認養的話，就要接受安樂死。」

秀太一陣茫然。醫生溫柔微笑，用和善的京都腔繼續說：

「這隻貓原本的高齡飼主過世後，附近的人發現貓被關在家中好幾天，於是通報了動保局。除了她之外，還有另外兩隻兄弟，總共有三隻貓，按照年齡順序分別叫小A、小B、小C。很有趣吧？」

小B。真可愛的名字。小B，小B。

皐月和公司的兼職員工一看到小B就笑容滿面，剛才她們也稱讚了小B。大家都溫柔地喊著小B的名字。

沉甸甸的外出包裡傳來一股溫度，秀太內心激動不已，甚至感到呼吸困難。

「可是，小B不是這間醫院的療癒貓嗎？既然如此，不要還給收容所，讓她繼續住在這裡不就好了嗎？實際上，我也受到她許多的療癒。」

「我們醫院和收容所性質不同，結束任務的貓必須回到應該回去的地方。」

醫生語氣雖然溫柔，但也冷淡。他淺淺的笑容中看不出情緒，反而是秀太的情緒更混亂。小B現在明明就活生生地坐在自己腿上啊。

「既然這樣……既然這樣，何不另外尋找能領養她的人呢？總有辦法的吧？比方說，問問過去接受處方的病患，或者……對了，試試看送養如何？在網路上找，或許能找到想養貓的人。畢竟小B是這麼可愛。」

這想法來得太突然，思緒也還很散亂。秀太知道自己既沒資格站在指責別人的立場，也明白這些都只是外行人的建議。即使如此，他還是對醫生的冷靜感到有點火大。視線落在懷中的外出包上。

「大家一起努力找，總會找到誰願意領養吧？只要再拚命一點找，一定可以找到。」

「拚命去找，當然或許可能找到。」

「是、是啊。」

赫然抬頭，看見醫生仍在微笑。

「可是，同樣處境的不只這隻貓喔。寵物用品店和動保單位，大家都努力在找領養人呢。收容所也一樣，想盡了各種方法。問題是，永遠都會出現像小B這樣無處可去的孩子。重要的不是認養條件，如果沒有打動情感，就無法找到貓咪真正的領養人。」

打動情感？這句話是什麼意思，好像明白又好像不太明白。不過，如果這就是答案的話，秀太很想先知道解決的方法是什麼。

「那麼，該怎麼做才能打動情感呢？」

「要是知道的話，你就不會來這裡了啊。好了好了，別那樣哭喪著臉。不用擔心，還有其他貓能治好你的。剩下五天，這隻貓就結束了，請好好服用到最後喔。」

剩下五天。這隻貓就結束了。

好不容易得救的貓，等在她前方的卻是殘酷的命運。秀太無法接受這個事實。為什麼得救的生命非得再次喪生不可。

「小B的兄弟呢？他們現在在哪裡？」

顫抖著聲音問。醫生背後的簾子是拉上的，平時護理師千歲小姐會提著外出籠從那裡出來，但秀太不知道簾子後方長怎樣。

「她的兄弟在進入收容所後不久就死了。因為身體太衰弱，這就是現實。」

在醫生視線催促下，秀太走出診間。經過櫃檯前時，千歲頭也不抬。

「請多保重。」

她就像是一隻冷淡的，滿不在乎的，跟誰都不親近的貓。

在不知如何是好的狀況下，又過了兩三天。秀太每天都帶小B去建設公司上班。一到公司，總會看到又多了雷射筆或魚造型電動抱枕等不該出現在公司的東西。每次看到那個，秀太都會胃痛。今天是處方第四天，明天就得把小B還給那間奇怪的醫院了。

當時，醫生淡淡地說「貓必須回到應該回去的地方」。這代表他明知小B接下來的命運，卻仍要把她還給收容所嗎？那位醫生和護理師雖然都很神秘，但秀太不認為他們真的是那麼冷酷無情的人。

「喂！那邊那個小鬼！」

秀太被吼聲嚇了一跳。朝這邊大吼的，是公司最年長的員工。初老的他有著一身黝黑膚色，正一邊搬沙包一邊瞪著秀太。

「看到老人家搬這種東西，你這年輕人不會想來幫忙嗎？真是不懂事的小鬼！」

「不好意思！」秀太趕緊上前幫忙。只要一發呆，馬上就會被吼。雖然也習慣了，但今天精神實在太渙散，已經被吼了好幾次。最後，對方更毫不客氣地敲秀太的頭。

搬完東西，坐在回程的車內，康介偷偷安慰秀太。

「別介意，那些上了年紀的人就是比較急躁。」

「謝謝。不過說起來，工地的工作對那個年紀的人來說，確實吃力了點。」

「是啊，但也沒辦法。這種工作辛苦歸辛苦，至少不用花腦筋。只要身體還行，總有辦法工作。別看社長那樣，其實他很重人情，沒辦法丟著老人家不管。香川你也是啊，乾脆直接在公司待下來嘛。你看，最近不是也曬出一身健康的膚色了嗎？」

康介露出親人的笑容，伸出自己的手臂和秀太相比。雖然沒有康介曬得那麼黑，原本蒼白的皮膚也在不知不覺中曬成了咖啡色。秀太眨眨眼睛。

直接在這裡待下去？

從來沒想過這件事。看秀太沒有回答，康介又苦笑說道：

「啊哈哈，不行呢。你可是讀到大學畢業的人，一定不想待在這種窮酸建設公司吧。」

回到公司，行政女員工們都圍在皐月身邊，小B則在皐月腿上縮成一團。

「好好喔，皐月姐。我也想讓小B躺在我腿上。」

「她看起來睡得超舒服，真可愛。」

「妳們在說什麼傻話，我腿都麻了，很痛耶，又不能動，真受不了。小B，妳能不能去旁邊啊。」

嘴上這麼說，皐月的表情卻是洋洋得意，就這樣讓小B躺在她腿上，自己繼續工作。小B雖然也會親近秀太，還從來不曾睡在他腿上。連秀太都有點羨慕皐月了。

聽見車聲，另一組工班回來了。陣內一進辦公室就大聲嚷嚷：

「喔！怎麼，小B，妳很會享受嘛！」

小B沒有離開皐月的腿，但睜大了眼睛，像是嚇了一跳，耳朵也豎起來。陣內笑咪咪地蹲下來。

「好聰明喔，好可愛喔，我的小可愛。」

聽到他的語氣，康介忍不住噗哧一笑。陣內瞬間變臉：

「你們是怎樣？既然回來了就快去洗重機啊！」

「是、是、是！」康介急忙走出去。秀太也趕緊跟上前，繼續磨蹭下去的話，難保陣內不會把氣出到自己身上。

到了停車場，一起用水管沖洗停在那裡的挖土機和輕型卡車的輪胎。起初兩人都沒有說話，不一會兒，康介低聲嘟噥：

「好可愛喔，我的小可愛。」

「別這樣，康介。」

剛才好不容易忍住的，秀太現在笑得肩膀都在抖動。康介不懷好意地咧嘴笑道：

「不、那真的不行。社長那個外表，說那種話太犯規了吧？還有，說小B很會享受是什麼意思，反了吧。她只是在大姐腿上睡覺而已啊。」

不行了，要是笑出來，辦公室內都聽得見笑聲。可是，兩人終究還是忍不住，同時捧腹大笑。即使聽見從辦公室傳出陣內怒吼的聲音，還是笑到停不下來。

已經好幾個月不曾這樣盡情大笑了吧。不、好幾年了。

換好衣服，領完當天的薪水，和其他員工一起離開公司時，外面天色已暗。夜晚的京都市內，除了大條馬路外，其他的路上人車都很少。稱得上鬧區的，只有幾條主要道路。

秀太走在夜路上，視線望著手上提的外出包。

「不用擔心，小B。妳只要一直待在我家就好。」

或許因為剛大笑過，身體感覺暖和，心情也很激昂。為什麼一直沒發現答案這麼簡單呢。只要自己領養小B，以後一直跟她在一起，不就好了嗎。養貓需要的東西，家裡都齊備了，不需要改變任何事。

想起掌心包覆小B頭頂時的觸感。不管那個奇怪的醫生說什麼，秀太都不打算退縮。

這就是所謂的「打動情感」了吧。和小B一起生活很開心，每天都被可愛的她療癒。今後一定也會一直幸福下去。

住的公寓映入眼簾時，秀太倏地停下腳步。

江本站在微弱的街燈下。他似乎已經看見秀太了，臉上浮現淺笑。

「江本課長……」

「香川，怎麼？你精神不錯嘛。」

和平時的江本不一樣，現在的他涎著笑臉接近，嗓門也沒以前那麼大。秀太很緊張，無法當場離開。江本來到眼前，把手放在秀太肩上。

「唷，我很擔心你耶，怎麼那麼突然就跑出公司了啊？不過沒關係，我已經幫你跟公司說了適當的藉口，哈哈哈。」

江本笑得很不自然，像在意周遭似的壓低聲音。

「還有啊，香川，你似乎誤會了什麼，所以我想來跟你解釋清楚。都是那傢伙，都是木島啦，是那傢伙擅自對我客戶做出可疑的事。」

「課長，關於那件事，我已經——」

「不、你聽我說。木島那傢伙忽然不來公司，我就覺得奇怪，問了才知道，他好像是跟年紀大的客戶說有賺錢的管道，直接跟客戶收了資金。當然，這事他沒有報告公司。那傢伙連我都騙，為了讓他提升業績，我還提供自己的熟客名單讓他去跑業務，所以我也得負起一部分的責任。」

「課長……」

想起木島說熟面孔的奶奶客戶期待他去拜訪時的表情。眼前江本說的話顯然是謊言，秀太為木島感到心痛。他是那麼不想去做這件事，甚至到了令人同情的地步。

「課長，就算你這麼說，我也無能為力。我已經打算辭職了……」

「別說這種話，香川。你我都是被害者啊，錯的是木島。都是木島那傢伙擅自妄為，我會幫你跟公司說的，好嗎！」

江本嗓門又大了起來，步步逼近秀太，直到秀太的背撞上公寓外牆。

「課長，請冷靜點。」

「冷靜什麼屁啊！你可好了，只要辭職就沒事，我可是會賠上整個人生的啊！」

不像平時恐嚇的語氣，江本現在的聲音顯得更走投無路，在昏暗的巷弄迴盪。

外出包裡的小B喵喵叫了起來，大概是害怕吧，除了發出哀號般的叫聲，更開始在外出包裡激烈掙扎。秀太用雙手將外出包抱在胸口。

「小B，小B，乖一點。」

「好不好，算我求你了？我還有家人要養，萬一被公司控告，我該如何是好？你只要暫時配合我的說詞就好，我會用這段時間把收來的錢全部歸還客戶。」

江本雙手合掌拜託，秀太仍搖了搖頭。

「江本課長，請老實把一切告訴公司吧，這樣或許公司願意原諒你。我也會把自己知道的事都說出來。」

小B仍在外出包裡躁動，為了不讓她掉下去，秀太用力抱著外出包，盡可能真誠地勸說江本。瞬間，江本臉上失去所有表情，接著輕輕一笑。

「勸我老實是嗎？你還真了不起。」

「課長。」

「不、你說得沒錯啊。」

在小B那彷彿用尖銳的東西刮過金屬表面的叫聲中，江本的語氣莫名變得冷靜。陰沉的眼神投向外出包。

「那是貓吧？香川，你有養貓啊？」

「呃……是、是啊。」

被他這麼一說，秀太心頭一驚，下意識摟緊外出包。小B依然不停地叫著，江本露出扭曲的笑容，抬頭看秀太住的公寓。

「香川，你住在這裡是嗎？這種公寓，一般來說是禁止養貓的吧？你是不是偷養？這難道不是鑽漏洞嗎？」

驚嚇之餘，秀太說不出話。江本彷彿佔了上風般趾高氣揚。

「明天一早，我就打電話給這裡的管理公司。你也老實把一切告訴人家吧。全部老實說出來比較好。怎麼，我很過分嗎？盜領公款固然不對，你偷養貓也沒好到哪去吧？都一樣是鑽漏洞啦。少在那裡擺出一副只有自己正直無欺的樣子。」

最後不知是否自暴自棄了，江本的表情看起來像在哭又像在笑。

秀太緊緊抱住外出包，從江本身邊逃開。

一直跑到很遠的地方，背後傳來的笑聲才消失。

看見辦公室燈還亮著，秀太鬆了一口氣。衝進裡面，陣內和皐月還在。皐月驚訝地跑上前。

「香川，你怎麼了？」

「這個……貓……」

因為一路跑來，還上氣不接下氣。秀太跌坐在地，遞上外出包。皐月疑惑地收下。

「你遇到什麼事了嗎？滿身大汗耶。」

「請你們養這隻貓……請你們養小B……請讓小B住在社長這裡……」

斷斷續續說完，視線正好從外出包的透氣窗口對上小B金色的眼珠。淚水盈眶而出。

陣內站起來，一臉嚴肅地低頭看秀太。

「怎麼回事，好好解釋清楚。」

「小B她……她不是我的貓。她是收容所的貓，明天是她的領養期限，過了這天沒人領養的話，小B會被安樂死。」

「安樂死？怎、怎麼會這樣。」

皐月拔尖了聲音，陣內則是沉默不語。

「所以，我原本打算認養小B，覺得那樣比較好。可是課長……不、養貓的事被公寓的管理公司發現了，無法再讓小B住在我家。所以社長……請社長和皐月姐收養小B好嗎？兩位都愛貓，小B也很黏你們。拜託了。」

秀太把頭磕在地上請求。過了一會兒，抬起頭來，只見陣內抿著雙唇，皐月則是用為難的表情凝視陣內。

「老公……」

「不行，我們不養貓。」

陣內語氣沉重，看上去很難受。秀太全身顫抖。

「為、為什麼？」

「我們已經決定，再也不養貓了。之前養的貓死的時候，我們發誓再也不養貓了。無論有任何理由，都不能打破誓言。」

「社長。」

陣內屈起單膝，蹲在茫然的秀太面前，用嚴厲的眼神注視他。

「聽好了，你剛才不是說想自己認養小B嗎？你說了吧？」

「是、是，可是——」

「既然如此，你就該負起這個責任到底。現在住的地方不能養，不是應該努力找能養的地方嗎？在把小B託付給我們之前，想辦法讓自己跟小B能夠一直在一起。不是應該這樣才對嗎？」

一直在一起。

秀太望向小B。下意識輕輕握起拳頭。手心裡有著柔軟溫柔的東西。蓬鬆的網球。曾幾何時，貓來到自己手中，絕對不會消失。就像陣內和皋月的貓永遠住在他們心中一樣，永遠都能喚醒手中這柔軟的觸感。

事實上，小B就在這裡。從小透氣窗內窺看自己的那雙金色眼眸沒有一絲擔憂。她對自己是如此的放心。不只是因為和貓一起生活很開心，也不只是因為貓很可愛。

可能會被公寓管理公司趕出去，工作也還不穩定，手頭沒有多少存款。即使如此，為了給小B安心的生活，自己能做什麼。現在的自己能做什麼。

在內心湧現的情感驅使下，秀太再次把額頭抵在地上拜託。

「社長！請讓我繼續留在這裡！就算汽車修理費還清了，也請讓我繼續在這裡工作！我明天馬上搬家，找可以養貓的公寓，我會負起養小B的責任。所以，今後也請讓我在上班的時候，帶小B過來辦公室寄放好嗎？我一定會更更更努力工作的！」

說完，額頭再次抵在地上。在社長答應之前，打定主意絕對不放棄。

聽見陣內「哼」了一聲。

「你快點搬家。」

「咦？」秀太抬起頭。「是、是的！我明天就去不動產找房子——」

「笨蛋，哪可能馬上就找到可以養貓的房子。我會去問認識的不動產公司，在找到住處前，你先搬到公司樓上，小B暫時就來我們家住。好嗎？小B，今晚跟大叔一起睡喔。」

陣內提起外出包，往皮沙發上一坐，把腳抬到茶几上。態度盛氣凌人，表情卻很陶醉。

秀太愣了一下，但也總算能夠放下七上八下的心。皐月苦笑著說：

「事情就是這樣，總之，香川你趕快去把前公司的事情處理好，早日找到住處。不然，這個大叔會不肯出門工作的。」

「是！」

秀太忍著笑意點頭。命運真是不可思議，不久前，自己還在中京大街上團團轉。以那裡為起點，最後走到了這裡。

接下來有得忙了。搬家手續、離職手續、新職場的工作……要做的事太多了。不過，首先得去那間醫院，拜託醫生讓自己收養小B才行。那個奇妙的醫生會怎麼說呢——

聯絡了坂下結衣菜，告訴她自己決定離職的事，立刻收到她的回覆。

「江本課長都沒來公司喔，聽說調查結果出來前，公司要他在家反省。」

現在，兩人正沿著富小路通往南走。秀太一早去了證券公司，辦好離職手續，能處理的事都盡可能今天完成。跟結衣菜說了小B的事，她就把手邊工作告一段落，說想一起去。

「在家反省啊……希望他能對公司說實話。」
秀太把外出包牢牢提在手中，裡面的小B很乖。
「結果，香川你才是最大的受害者，完全池魚之殃嘛。其實你可以不用辭職的。」
「不、就算不是現在，哪天我也會逃離這間公司。」
「說的也是，我們公司這麼黑心。」結衣菜的語氣有點複雜。「不過，我會努力讓這間公司變好一點。我喜歡現在的工作，不想只是抱怨，自己也要積極行動才行。只要真心努力，黑色也會變白色。」
「說的也是，顏色是可以改變的嘛。」
秀太笑了。起初自己不也帶著偏見，擅自認定陣內的建設公司一定是黑心公司嗎。沒想到，真的在那裡工作之後，才發現自己的個性很適合，打從一開始就不討厭那裡。
「噯，你說的那間大受好評的醫院到底在哪？總覺得我們從剛才就一直在同個地方打轉耶？」

經過幾次路口後，結衣菜停下腳步。為了耍帥走在前面帶路的秀太一直找不到路，結衣菜都傻眼了。

「地址呢？」

「呃，沒有正式地址，只有京都獨特的地點標示。說是麩屋町通往上六角通往西富小路通往下蛸藥師通往東，很難懂吧。」

「這地址怎麼回事？先往北再往西，然後往南再往東？這樣不是在原地繞了一圈而已嗎？」

「嗯、嗯，是啊……」

話雖如此，之前明明都有找到啊。每次在這附近繞啊繞的，那條昏暗的窄巷就會突然映入眼簾。

可是，今天不管是窄巷還是大樓都沒有出現。不管繞幾次，都只是在路上走來走去而已。最後，兩人站在道路正中央，外出包裡的小B喵了一聲。大概覺得不太舒服吧，身體也開始動來動去。

「她是不是肚子餓了？」結衣菜望著剛才走來的路。「——找不到耶，那間醫院。」

「嗯，對啊。」

不是做夢也不是幻覺。手上的重量來自貨真價實的貓。可是，已經怎麼走也走不到那間醫院了。一旦走入棋盤格，是否實際存在就看每一個當下的命運。京都的道路就是如此難以捉摸。

望向結衣菜，她笑著歪了歪頭。秀太也笑了。兩人不再團團轉，直直往前走。

第二回

走到陰暗潮濕的巷弄盡頭，停下來，那棟大樓就在那裡。

「還真寒酸。」

古賀恨恨地嘟噥。巷弄呈「凹」字形，走到底就無處可逃。這棟大樓被兩側同樣老舊的建築夾在中間，從外面馬路上看起來，只會覺得這裡有個縫隙。大樓本身也散發著一股沉鬱的氣氛。明明頭頂的天空晴朗無雲，低頭腳邊卻是一片陰暗。簡直就像現在自己的立場。

從入口處窺看裡面，縱長的走廊昏暗又安靜。

「為什麼老子非來這種地方不可啊，真是的……」

嘀咕著走進去，走到最底有個樓梯，沿著樓梯往上爬。二樓、三樓……開始氣喘吁吁了。

「為什麼、老子、非得看、什麼……身心科……不可，混帳東西。」

不滿的事太多了。爬到五樓時，已經喘得肩膀上下起伏，厚厚的眼鏡片也因熱氣而蒙上一層白霧。

「真要說的話，這什麼莫名其妙的地址……簡直亂七八糟。」

京都市中京區麩屋町通往上六角通往西富小路通往下蛸藥師通往東。

和一般住址不同，這些以東西南北方位標示的道路名稱，用意是讓人在棋盤格狀的京都街道中快速找到想去的地方。可是，這個標示根本就亂七八糟，大概是原本就很熟悉京都街道的人彼此口頭轉述的吧。就連「那間中京心的醫院好像很不錯」也是不知道誰在跟誰說的時候，自己從旁聽見罷了。本來就沒那麼想來，來到醫院門前了又開始躊躇。

還是算了吧。不、既然都一鼓作氣來到這裡了，就當轉換心情也好，什麼都好，讓醫生看看吧。

只是，年過五十的古賀對「看身心科」這件事仍懷有強烈抗拒，就算只是小型診所，依然遲遲無法推開醫院的門。

還是回家吧。不、可是，難得都請假來這趟了——

站在原地猶豫不決時，走廊另一頭走過來一個男人。男人走到古賀後方，朝隔壁間的門伸手。慢慢做著這些動作時，目光時不時朝這邊窺看。那眼神就像在看什麼可疑人物。

一想到自己可能被懷疑，古賀就慌張起來，趕緊推開「中京心的醫院」大門。看似老舊沉重的門扉，沒想到其實很輕。室內出乎意料的整潔，小小的櫃檯裡目前沒人。順勢進來是進來了，卻沒勇氣朝櫃檯裡喊人。不如就這樣打道回府吧。正在退縮時，隨著一陣急促的腳步聲，一個看似年齡介於二十五到三十歲間的護理師走了出來。

「來了來了，你是來看診的吧？請進。」

「不、不是的，我——」

「請到裡面去。」

護理師看也不看這邊，直接用手往內指，無可奈何之下，古賀只好進去了。候診區只有一套小沙發，正打算坐下去，護理師又嚴厲地說：

「那裡是給預約病患坐的，醫生在裡面，你請進。」

她說著一口京都特有的輕柔腔調，卻難掩語氣裡的尖銳。古賀不高興地心想，這女人個性挺差的啊。情不自禁地聯想起現在造成自己煩惱的那個人，瞪了對方一眼。

然而，護理師對他根本不置一顧。古賀不滿地走進診間，裡面空間不大，只有一張桌子、電腦和兩張簡單的椅子。

最裡面掛著一道簾子。以醫院來說，這裡真的非常簡樸，不知道整間診所的構造是怎麼樣的。簾子拉開後，身穿白袍的醫生走了進來。看到醫生之後，古賀更是訝異。

那是個三十歲左右，身材高瘦的男人。不但比自己年輕太多，還是女兒笑里偏好的那種女性化的長相。這種時髦小伙子真能做好身心科醫師的職務嗎？一天到晚被妻子嫌棄鮪魚肚、老人臭的古賀覺得很不是滋味。

「午安，您是第一次來我們醫院吧？」

醫生語氣很溫柔，一口道地京都腔的抑揚頓挫，使他聽起來像是鎮上的老醫生。

「呃，對。」

「順便請問一下，您是從哪裡得知這間醫院的呢？」

「應該是認識的人……的朋友……不是很確定聽誰說的了。」

古賀回答得吞吞吐吐。事實上，他真的不記得聽誰說的了。只記得剛好身邊有人聊到一間身心科診所很不錯，他就拚了命地豎起耳朵偷聽。

醫生不知為何笑得有些輕佻。

「這樣啊，那還真傷腦筋呢。有時也會像這樣，有人碰巧聽了別人說的就來我們醫院。可是如您所見，這裡只有我和護理師兩個人，一般來說是不接受新患者的呢。」

「欸，怎麼這樣。」

剛才明明還在懷疑人家，一旦遭到拒絕，反而著急了起來。

「我可是特地請半天假來的呀。這裡不是身心科嗎？專門治療心理問題的醫院不是嗎？我很煩惱，請好好幫我看診。」

「身心科？心理問題？」醫生露出不可思議的表情，歪了歪頭。「啊哈哈，聽起來好帥喔。啊哈哈哈。」

醫生笑了。看到古賀愣在一旁，他又微笑著說：

「好吧，既然您都來了，就特別為您破例吧。那麼，請告訴我您的姓名和年齡。」

「啊、喔……我叫古賀勇作，下個月滿五十二歲。」

「今天來是有什麼問題嗎？」

吊了半天胃口，結果還是願意看診嘛。古賀有點不高興，面露不悅神情。反正就算說了，他也不會理解我的心情啦。不管是醫生、家人還是同事，都一樣。

反正我就是個局外人。

握緊放在腿上的手，眼神往下看。

「是工作上的煩惱啦。差不多三個月前，部門來了個跟我超不對盤的人。就是那個什麼……促進女性什麼的制度，總之這個女的成了我的上司。該怎麼說那傢伙才好呢……吊兒郎當的，總之我就是看她不順眼。」

沒錯，那傢伙。中島雛子。

雛子已經四十五歲，不是可以吱吱喳喳的那種小Y頭的年紀。可是，她就是很輕浮。或許因為單身未婚，打扮浮誇不說，嗓門和動作都很大。總是一副開朗的樣子哈哈大笑。

一想起她的笑聲，古賀就很不爽。

「我們是接發包案件的電話客服中心，職員除了我之外，幾乎都是女性。所以，原本我在部門裡就比較孤單。但那也沒關係，聽聽職員們的抱怨，處理不合理的客訴，我自認為一直以來做得都很不錯。可是，自從那女的來了之後，部門的氣氛完全不一樣了……也不知道為什麼，那女人的聲音老是縈繞耳邊。」

電話客服中心是在一整層樓裡拉了大量電話線路，由接線客服人員接聽電話，直接應對客戶的地方。電話那頭什麼樣的人都有，接線客服人員的壓力可說相當大。

古賀是中階主管，統整這群客服人員就是他的工作。有時自己也會實際上線接電話，還得對那頭的客戶猛道歉。在這個部門工作已經十五年了，只當到組長就再也升不上去。工作時只有被客戶破口大罵的份，自己從來不曾在職場上和誰起過爭執。日子雖然無趣，倒也過得安穩。客服中心的總部長，是個比古賀更無望出人頭地的男人，明年就要退休了。每個人都以為，一定會由古賀接任總部長的位子。

誰知道。

突然從東京空降了一個中島雛子來。還為她憑空多增設了一個「中心副總部長」的職位，一來就成了古賀的上司。

「不錯呢，不錯呢，不錯呢。」

放在腿上的雙手用力握緊拳頭。

「那句話就是不離開我耳朵。尤其半夜，正打算要睡覺，就會聽見那咒語一般的『不錯呢、不錯呢、不錯呢』。」

古賀放開握緊的拳頭，抬起臉。

瞬間，眼前的景象使他錯愕不已。

自己是那麼拚命地在闡述苦惱，這年輕的醫生卻看著另一個方向挖鼻孔。

「醫生，你在看哪裡啊？我剛說的你有聽見嗎？」

「咦？喔！當然有呀。是是是，電話客服中心是吧？壓力很大的職場呢。那麼，今天來是有什麼問題嗎？」

醫生輕薄的笑容，令古賀怒上心頭。

「就跟你說我睡不著了啊！連做夢都會聽到那女人的聲音，已經好幾個星期都沒睡好了！上班恍神的情形愈來愈多，繼續這樣下去，我會瘋掉的！」

或許因為大吼大叫的關係，古賀臉漲得通紅，呼吸也變得急促。即使如此，醫生仍是不為所動，不以為意地說：

「這樣啊，睡不著很難受呢。」

說完，他再次轉向書桌，對著電腦敲打起鍵盤。

「我會開貓給你，暫時觀察一陣子狀況吧。啊、你運氣很好喔，正好有隻很有療效的貓回來了。」

接著，他把椅子往後轉。

「千歲小姐，帶貓過來。」

一聲「好的」之後，護理師走進來，一隻手上抱著有黑色與淺褐色斑紋的貓。她先將另一隻手上提著的外出籠放在桌上，再將黑褐斑紋的貓交給醫生。醫生接過貓後，慢慢從頭開始撫摸貓的身體。

「這隻貓效果超好喔。因為還有人排隊等著她，這次只能先開十天給你。不過，有十天的時間就很夠了。來，請服用。」

醫生把貓遞過來，古賀嚇了一跳，忍不住把椅子往後拉。只是診間太小，無處可躲，只好勉強接過貓。

「等、等一下，這是什麼？」

「這是貓啊，很有效的喔。我會開處方箋給你，請到櫃檯領了處方再回家。那麼，請多保重。」

「不是、什麼多保重啊？就算給我貓又有個屁用？」

「請不要亂放屁喔，因為貓很討厭臭味。別擔心，大部分的煩惱都能靠貓治癒。啊、對了，等下如果在外面看到預約看診的病患，請叫他直接進來，麻煩您了。」

醫生先是交給古賀一小張紙，接著又把外出籠塞過來。像被用趕的趕出診間後，也沒在候診室的沙發區看到其他人。走到櫃檯，護理師給了古賀一個紙袋。費盡千辛萬苦把那隻黑褐斑紋的貓裝進外出籠，只不過稍微摸到貓一下，衣服上就沾了一堆貓毛。

年過五十的失眠症。在公司和家裡都像個局外人。維持部下心理健康是自己的工作，可不想被周遭的人知道自己的心理健康出了問題。懷著這樣的心情偷偷造訪身心科診所的古賀，現在低頭看著自己一身的貓毛。

「……這什麼嘛。」口中發出茫然的嘟噥。

古賀家在離京都市區有一段距離的JR沿線上。離車站走路二十分鐘。有個勉強能停一輛車的停車場。房貸還剩十五年。

他一直認為自己就像一國一城之主。妻子是專業家庭主婦，獨生女在上大學。就算多帶一隻貓回這樣的家，也不是什麼需要顧慮家人的事吧。

然而，古賀回家時卻是提心吊膽。

「……我回來了。」

小聲打了招呼，客廳傳來電視的聲音。妻子夏繪躺在沙發上。

看著手上的外出籠，古賀進退維谷。儘管暗自抱怨，終究還是把貓帶回來了。這輩子從來沒養過動物，沒有家人配合協助可不行。

可是，到底該怎麼跟她們解釋呢？說自己因為失眠去看醫生，醫生開的處方是貓？還說大部分的煩惱都能靠貓治癒？

正在磨磨蹭蹭時，夏繪從客廳走了出來。

「哎呀，孩子的爸，你已經回來啦？」

「喔、對。」倉促之間，古賀把手上的大包小包藏到身後。

「既然要早點回來，怎麼不先聯絡一下？我白飯還沒煮下去耶。」

「抱歉、抱歉，妳慢慢來就好。」

一回來就惹夏繪不高興了。這下是否該先拉攏女兒才對。

「笑里呢？難得這麼早回來，偶爾也想跟她一起吃晚餐。」

「你在說什麼啊？笑里昨天就跟大學社團的朋友出門玩了，今天也在外頭過夜啊。不是說過好幾次了？」

「是、是這樣喔……」

「真是的……每次人家說話你都沒在聽。」

夏繪毫不掩飾不滿，還嘆了一口氣。古賀不想再惹夏繪不高興，勉強藏起手上的東西，打算悄悄走上二樓。然而，馬上就被發現了。

「咦？那一大包是什麼東西？你又買模型了？不要再買了好嗎？家裡都沒地方放了。」

「不、不是，不是啦。這是幫公司保管的，不是什麼重要東西。」

才剛說完，夏繪就連續打了好幾個噴嚏。大概是被那聲音嚇到，外出籠搖晃起來。

「啊、喂！安分一點！」

「等等，孩子的爸，那該不會是——」夏繪朝外出籠探頭，又打了個噴嚏。

「討厭啦，這不是貓嗎！」

「對、對啊，是貓啦。其實我今天去了醫院……」

「走開一點！我對貓過敏啊！」

夏繪用衣袖遮住口鼻，淚眼汪汪地瞪著古賀。古賀很驚訝。

「妳對貓過敏？真的假的？什麼時候開始的？」

「婚前就開始了！說過好幾次了不是嗎？」

夏繪手忙腳亂地跑開。古賀愣在原地好半晌，這才無奈地把外出籠和紙袋提到二樓幾乎用來當儲藏室的房間。外出籠放在地上，自己也坐下來。

「對貓過敏啊……這可傷腦筋了。剛才她打了那麼大的噴嚏，我就在猜該不會是過敏……」

不經意地，隔著外出籠的透氣網和貓四目交接。對方微微抬高視線，像在試探自己怎麼出招。

「怎、怎樣啦，別用那種眼神看我啊。沒事的，我可是一家之主，會有辦法的。妳可要乖乖待著喔，拜託了。」

回到一樓，夏繪正怒氣沖沖地等在那裡。看到她的表情就知道事情無法順利矇混過去。

「孩子的媽，聽我說。其實那隻貓是醫院開的處方。不是有那種身心科診所嗎？那裡的醫生說的，說大部分煩惱都能靠貓治癒……」

「哪可能有那種事！」夏繪怒不可遏。「你該不會在沒跟家人商量半句的情況下，就打算在家裡養貓吧？」

「沒有啦，不是這樣的。只是暫放一下而已，十天而已。十天後就會帶回去還人家了。拜託啦，十天就好。照顧貓的事情我全部會自己做。」

拚命懇求原諒，夏繪才勉強同意讓貓留下來。

「可是，不准讓貓在家裡亂跑喔，客廳和寢室都不能進來。只要有貓毛我就會過敏，從以前就這樣，光是摸到貓鼻子就開始癢……哈啾！孩子的爸，你怎麼全身都是貓毛，快去外面拍拍衣服！」

「好啦好啦。」

走出家門，把身上的貓毛拍掉時，引來鄰居疑惑的視線。憑什麼身為一國一城之主的自己非得接受這種待遇不可啊。偶爾也要給妻女一個下馬威才行。

然而，站在廚房準備晚餐的夏繪背影依然透露著怒氣，古賀怎麼也不敢語出抱怨。躡手躡腳走回二樓儲藏室，這才終於把外出籠的門打開。

貓躲在角落不出來。醫院給的紙袋裡有飼料碗和水碗，還有貓砂和貓砂盆，該有的東西都有。古賀盤腿坐在榻榻米上，閱讀袋中的說明書。

「名稱：丸五。母貓。年齡推估為三歲。米克斯。食物：早上和晚上適量餵食。水：隨時。排泄處理：適當時機。基本上放著不管也不會有問題。就寢時請將貓所在房間的門窗關閉。如果貓不想被關住，請將家中的房門打開，讓貓可以自由進出。以上。」

內容很簡單。房門要開好還是不開好呢？萬一貓跑到夏繪面前就傷腦筋了，看來房門不能一直打開。晚上也只能把貓關在房間裡了。

除此之外，好像可以放著不管。古賀去洗手台裝了水，也把乾飼料裝進碗裡，一起放在房間角落。

「還有什麼要注意的呢？」

拿手機上網查養貓須知時，貓從外出籠門邊緣微微探出頭來，東張西望一番後，才慢慢踏出籠子。

貓身上有著黑色與褐色的斑紋，一看就是米克斯。其中一隻前腳的腳尖和脖子各有一些白毛。雖然稱不上美貓，但給人一種強悍的感覺。

還有，她的眼睛。綠茶般的淺綠眼珠裡有黑色的縱線。微微上揚的眼尾散發野性，手腳修長，身材穠纖合度。令人聯想到有著一身精壯肌肉的輕量級拳擊手。

「怎麼，妳明明是隻母貓，看起來卻很強嘛。這上面寫著品種是米克斯，沒有其他名稱嗎？」

上網搜尋之後，和她外型最像的應該是玳瑁貓。聽說這種貓聰明而警戒心強，還很重感情。

回過神來，這隻擁有綠茶色眼珠，彷彿洞悉一切的貓已來到身旁，緊盯著古賀。

「怎、怎麼，有點嚇人啊。呃、妳叫丸五是吧？喂、丸五，在這裡我就是主人喔。這個家裡最了不起的人是我，妳可別亂抓我。」

從丸五的眼中看不見情緒，她只是歪了歪頭，就跑去角落吃飼料喝水了。古賀鬆了一口氣，網路上說，如果貓三天不吃飼料就要注意，最好帶去給獸醫檢查。

「不過，說的也是啦。既然能寄住在別人家，就表示是有人好好教過的貓吧。話說回來，能幫助人入睡的貓，聽起來還真是不可思議啊。」

貓背對古賀，開始喀啦喀啦吃起飼料。長長的尾巴緩慢左右搖動，好像真的有催眠效果，再加上幾個月來的睡眠不足，古賀的眼皮漸漸變得沉重。

喵——喵——喵——

喵——喵——喵——

即使摀住耳朵，把頭埋進枕頭也沒用。

難以忍受，鑽出被窩。都已經幾次了。

黑暗中，丸五對著房內小小的窗戶不斷喵喵叫。因為夏繪對貓過敏，不能帶貓進臥室。可是，既然都把能治療失眠的貓帶回來了，古賀也不想讓貓獨自睡在其他房間。所以，只好自己帶著床墊棉被過來睡儲藏室。

一開始，丸五很乖。把座墊放在房間角落給她當床，她就跳了上去，像為座墊按摩似的，用小小的腳掌踩踏。那動作實在很可愛，連年過五十的古賀看了都心動，想起女兒小時候的模樣。

然而，過了一會兒，丸五沒完沒了的夜啼開始造成古賀的困擾。因為她一直叫，古賀擔心是不是哪裡不舒服，拿手機上網查詢。這才知道，如果沒有給貓一個良好的生活環境，壓力也會造成牠們整夜叫個不停。突然被帶到陌生人的家裡，丸五大概也睡不著吧。

一開始很同情她，但過了兩小時、三小時，實在是難以忍受了。

喵——喵——喵——、喵——喵——喵。對著窗子，就這麼一直叫。

「妳差不多該夠了吧。我明天還要上班哪。」

雖然這陣子一直難以安眠，被窩裡躺久了還是會有睏意，漸漸打起盹來。不可思議的是，天色發白時通常已經睡著，還得靠鬧鐘叫醒自己。睡眠時間固然短，倒也不是完全沒睡。

可是今晚不同。今晚是完全無法入睡。平時淺眠，還會夢到中島雛子在夢中頻頻喊著「不錯呢」。今天連那都被丸五的叫聲取代。

「喂，能不能安靜點啊？為什麼不睡覺？只有座墊會冷是嗎？」

在黑暗中摸索，找到自己的睡袍，便朝丸五的方向丟去。然而，她依然叫個不停。古賀不想管了，用棉被蒙住頭臉。

我要睡覺。我要睡覺。我要睡覺啦。

喵——喵——喵——

不能不睡。不能不睡。就算只睡一下也好，否則身體撐不住。

喵——喵——喵——

——不知不覺，窗外天色已亮。到了這個時候，丸五才終於跳上睡袍，蜷起身體閉上眼睛，鬧鐘響得再大聲也當沒聽見。

古賀一秒都沒有入睡。

雙眼充血，頭髮毛燥，還有點反胃。站在洗手台嘔了一會兒，夏繪過來皺起眉頭說：

「孩子的爸，那隻貓怎麼辦？我沒辦法照顧啊，連摸都不能摸。」

「嘔……我給她換上新的水和飼料了，貓砂也清理過，白天放著不管沒關係。等我回來再處理。」

「話是這麼說……我問你，把貓關在房間裡好嗎？太可憐了吧。」

既然如此，妳就把家裡的房門都打開啊。大腦無法好好思考，連自己是否把這句話說出口了也不確定。古賀搖搖晃晃地結束換洗。什麼效果超好啊，那個醫生真是蒙古大夫。

古賀一到電話客服中心，就看到中島雛子一如往常已經先來了。

「古賀組長，早安！」

雛子爽朗的聲音，在缺乏睡眠的腦袋裡迴盪。

「哎呀，不錯呢！這個領帶！讓你看起來年輕許多！」

古賀還來不及答腔，雛子又去對其他已經來上班的職員打招呼了，整層樓都是她響亮的聲音。

「早安！哎唷，妳剪瀏海了？不錯呢！很適合妳喔。早安！哇，這雙鞋真好看，不錯嘛！早安！昨天加班到那麼晚，真是感謝妳。報告書也寫得很完美喔，這麼有幹勁，真是不錯呢！」

「到底要誇讚到什麼時候。」

古賀坐在自己位子上嘀咕。昨晚雖然完全沒睡，倒也因此沒夢到雛子的「不錯呢」。

雛子從調派過來就是那個樣子。無論面對部下還是上司，抓到一點小事就會誇讚對方。從外表到工作狀況，甚至連剛買回來的便利商店便當內容或正在喝的罐裝果汁，都能拿來當成稱讚的對象，滿口的「不錯呢」。

「每天每天都這麼拚，那樣下去，身邊的人也會累的吧。」

坐在古賀對面的總部長福田喃喃低語。他向來推崇「多一事不如少一事」，屬於做事不積極的類型，對雛子的評價應該和自己一樣吧。福田也是不擅長適應環境變化的那種人。

「東京總部也真是的，為什麼突然塞一個這種人過來呢？說什麼要改善中心的離職率，這種事換誰來做主管都一樣吧。會辭職的人就是會辭職。」

「也是啦。」古賀含混其詞。

要是平常的他，大概會跟著訕笑。今天或許因為太想睡了，沒有站在福田那一邊。雛子現在也正熱情地對剛來上班的同事寒暄。

「算了，別管她的話，很快就會離開了吧。我是不懂什麼改革還是革新啦，要是做不出一番成果，上頭的人也會重新考慮人事命令。總而言之，希望不要改變太多就好。」

不想跟死氣沉沉的福田繼續說下去，古賀不再答腔。

對福田稱不上喜歡或討厭。然而，雛子一個人遠從東京來擔任福田的副手，就算是貓，離開平常熟悉的地方都會焦慮到睡不著。雛子一定也以她自己的方式在努力著。或許應該用更善意的眼光看待她，為她提供協助。

於是，古賀發現了。發現至今的自己也和福田一樣，沒有想要協助雛子的意思。

「不錯呢……是嗎？」

睡眠不足，站都站不穩，在這樣的情形下勉強完成工作。到了午休時間，古賀一如往常獨自在員工餐廳角落吃便當。至於雛子，正被一大群女員工環繞。

「雛子姐，請看這個，是我們家孩子運動會的照片。」

看了女員工的手機，雛子誇張地張大眼睛。

「哇，是里奈耶。她二年級了吧？跑得好認真喔！」

「雛子姐，也請看看我家孩子參加的鋼琴成果發表會。」

「小泉鋼琴彈得真好！這身禮服也好漂亮！將來要當專業的鋼琴家嗎？」

眾人紛紛拿出手機裡的照片或影片給雛子看，她也一一做出反應。就像那樣，雛子身旁總是很熱鬧。在她來之前，古賀從來沒看過員工們那麼興高采烈的樣子。

「不錯呢……不錯、不錯、真不錯。」

睡覺，睡覺，睡覺。喵——喵——喵——

回過神來才發現，自己睜著眼睛失去了意識。隔壁桌正在吃午餐的兩個年輕女員工，正看著彼此的手機螢幕嘻嘻哈哈。

「噯噯，不覺得這個超讚的嗎？」

「真的耶！很不錯！穿到這種程度，男友應該會很高興。」

嘻嘻，哈哈。

喵——喵——喵——

眼皮實在太沉重，幾乎要翻白眼了。怎麼能輸給她，不過就是句「不錯呢」，要說我也會說啊。反正，只要稱讚她們就對了吧？就像雛子那樣。

古賀站起來，踩著搖搖擺擺的腳步走到兩人背後。

「不錯呢，那個，很不錯嘛！」

頓時，兩個年輕女員工驚訝地轉過頭來。古賀這才看見，她們的手機螢幕上是大紅色的胸罩及內褲商品照。

女員工們表情僵硬。

「……真不錯，今天的天氣真是不錯。」

古賀趕緊望向遠方，一邊這麼說著一邊當場離開，全身冷汗直流。一想到不知道會被說成怎樣，就害怕得不敢回頭。

不錯呢，不錯呢。

可惡，不錯什麼啊，是笨蛋嗎？忍不住暗自嘀咕。

沒事就不應該去學中島雛子。睡眠不足害自己腦中一片空白，今天把那隻貓關到別的房間去好了。

滿心不悅地回到家，屋內卻傳出開心的笑聲。是夏繪和笑里，兩人在客廳裡有說有笑。

「我回來了。」小聲打了招呼，兩人都沒回頭。是在聊什麼，聊得那麼高興。狐疑地伸長了脖子窺看。

結果，丸五竟然也在那裡。大剌剌地橫躺在地毯上。

「哎呀，孩子的爸，你回來啦？」夏繪朝古賀投以一瞥，馬上又把視線轉回丸五身上。

「丸五真可愛，真乖，好聽話喔。」

夏繪輕輕撫摸丸五拉長的身體。丸五雖然顯得有點不高興，但卻沒有反抗。夏繪今天沒有打噴嚏，眼睛也不紅。

「妳可以摸貓了嗎？不是說對貓過敏？」

「想說這樣不行，就去看了醫生。結果我的過敏好像不是很嚴重，醫生開眼藥水和吃的藥給我，還教我幫丸五把脫落的毛梳乾淨，勤一點打掃貓砂盆就可以了。貓砂我已經換了喔。我們丸五太可憐了，整天被關在房間裡，爸爸真過分。」

「不是的吧，是妳說不准她在家四處走動的啊！」

仔細一看，那張說明書就擺在桌上。飼料碗和水碗也都搬到客廳來了。

「噯、爸爸，我們要養這隻貓嗎？」

笑里朝古賀露出笑容，看得他心頭小鹿亂撞。有多久沒看見女兒這樣的笑容了。上大學之後……不、上高中之後她就很少跟自己說話，更別說對自己笑了。

「不、沒有，只是暫時寄放而已。過幾天就要還人家了。」

「是喔？要是能一直留在我們家就好了。她超可愛的啊，毛輕輕柔柔的好好摸喔。」

笑里一下一下地撫摸丸五橫躺的身體。丸五又露出不開心的表情，但還是沒有反抗。

「媽媽，我們來養貓嘛。我會負責照顧的。」

「妳這孩子說什麼傻話，不是整天忙上課和社團嗎？最後照顧的工作還不是落到我頭上。」

「才沒那回事呢。我會照顧她的，是不是，丸五？」笑里伸出雙手，從丸五腋下抱起她。丸五的身體頓時驚人地拉長。

「媽，妳看，好好玩！身體超長的！」

「真的耶，好厲害喔。」

兩人聊得起勁，古賀總覺得不是滋味。

這樣不是跟平常沒兩樣了嗎？只有自己像個局外人。無論在公司，還是在家。

笑里喜孜孜地抱起丸五。

「丸五，來我床上一起睡吧。」

「不准！」

倉促之間，古賀試圖從笑里手中抱走丸五。沒想到，丸五的身體拉得太長，怎麼也抱不起來。就在手忙腳亂中，硬是把丸五拉開。

「這是爸爸幫人家保管的貓，是爸爸的貓，就得和爸爸一起睡。」

「欸？」笑里垮下臉，夏繪也皺起眉頭。

「爸爸，你幹嘛說那種小氣的話。」

「不行、不行，丸五要跟我睡那間房間。對不對？丸五。今天我們也相親相愛一起睡喔。這樣啊，這樣啊，丸五也喜歡爸爸是嗎？這樣啊，這樣啊。」

夏繪和笑里都傻眼了，古賀仍不放開丸五。吃過晚餐，洗過澡，馬上帶著丸五躲回二樓。棉被和睡袍都維持昨天的原狀，揉成一團放在地上。

然而，古賀莫名感到心滿意足。夏繪和笑里都嚇到了，這下知道我的厲害了吧，誰教妳們總是把一家之主當成局外人。

「很好，丸五真乖。妳已經來我們家第二天，今天該好好睡覺了喔。」

這麼對丸五一說，她就抬起那雙綠茶色的眼珠往上看，好像聽得懂人話似的。

只可惜，是古賀誤會了。

那天晚上，丸五又叫了一整夜。喵——喵——喵——，喵——喵——喵——。

不管摀住耳朵還是用棉被蓋住頭都沒用。該把丸五趕出房間嗎？還是讓她去臥房或客廳？可是，才在妻女面前志得意滿地宣告丸五必須跟自己睡，這下又怎能反悔？

結果，古賀連續兩個晚上都沒闔眼。早上站在洗臉台旁盥洗，又把夏繪嚇了一跳。

「孩子的爸，你臉色好難看啊。要是不舒服，就跟公司請假吧？」

「哦……今天有重要會議，不能請假。先別管我了，白天丸五交給妳照顧好嗎？我什麼都還沒弄。」

「這是沒問題，那自己出門小心啊，看你整個人搖搖晃晃的。」

「我沒事，我沒事……」

古賀半翻著白眼笑著說。

喵——喵——喵——。不錯呢，不錯呢。大紅內褲，不錯呢。

喵——喵——喵——。那張照片不錯呢，那件大紅色的胸罩也不錯呢。

「……先生、先生！」

從遠處傳來這個聲音。古賀還張著嘴巴露出笑容。別吵，我現在正在忙著說「不錯呢」。

整個人像飄浮在半空中，感覺好舒服。

「這位先生！」

肩膀被人用力搖晃，古賀睜開眼睛，一位車站的工作人員上前關切。

「……咦？」

「這位先生，這班電車只開到這邊喔。」

「啊、喔！」說著，古賀急忙下了電車。一下車就傻了。

眼前是陌生車站的月台。原本要搭到京都站的下一站，看來是坐過頭了。上車前發現自己連站都站不穩，於是刻意避開客滿的班次，選了每站都停但有位子的慢車，這顯然是個錯誤的決定，這下要趕不及上班了。古賀看一眼手錶。

「啥？」

不不不、怎麼可能有這種事？他揉了揉眼睛。似乎因為睡眠不足的關係，視線有點模糊。可是，不管看幾次都一樣。車站內的大時鐘也顯示現在已經十點多。原來自己不只坐過站，這一搭就從京都越過大阪，來到了兵庫縣。

嚴重遲到了。

站在月台上仰望藍天，燦爛的陽光也照射在自己所在的地方。這是理所當然的事，都已經是日正當空的時間了啊。眺望天空好一會兒，時間沒有倒流。做好心理準備打電話到公司，謊稱自己突然身體不舒服，上午要請假。

怎麼會把事情搞成這樣。說來說去，全都要怪那個蒙古大夫。古賀氣得咬牙切齒，搭上了往京都的特快車。無論如何都要去說他兩句，不然難消心頭的這股氣。專程換乘了電車，快步奔過京都市區那些小路，衝進「中京心的醫院」。

那個叫千歲的護理師一臉若無其事的樣子，坐在櫃檯裡。

「古賀先生，醫生開給你的貓，不是得服用整整十天嗎？」

「說什麼服用，講得好像真的是藥一樣。」古賀恨得牙癢癢。「當然啦，一股腦就相信的我自己也有不對，但那隻叫丸五的貓害我完全無法睡著啊。」

「如果你希望換一隻貓的話，請直接進診間跟醫生討論吧。」

面對千歲無情的態度，古賀硬是把想講的話吞回去。他不擅長應付這種冷漠的女人，摸摸鼻子走進診間。

簾子拉開後，年輕醫生走進來。他倒是一直都笑咪咪的。

「哎呀，古賀先生，您好像睡得不錯嘛？」

「什麼？」原本已經冷靜了幾分的腦袋，這下又被醫生輕浮的態度激怒。

「你在說什麼鬼話！我完全無法睡覺啊！這兩天，那隻貓都一直喵喵叫個不停，害我連一刻也沒睡著！」

「一刻也沒睡著？」

「對啊，一刻也沒睡著！」

「那還真奇怪……」醫生歪了歪頭。「古賀先生，我看您頭髮亂糟糟，衣服也皺巴巴，嘴角留有口水痕跡，還以為您剛才酣睡了一場呢。氣色看起來很好，表示睡得不錯啊……這樣啊，這兩天連一刻也沒睡著過啊……」

醫生又歪了歪頭。

被他指出自己一副剛睡醒的樣子，古賀也愣住了。早知道，來這裡之前應該先在車站廁所照照鏡子才對。的確，剛才在搖搖晃晃的電車中大睡特睡了幾個小時，這幾天的睡眠不足因此得以消除，睡得很是香甜。

「也沒做夢嗎？」

醫生這麼問，古賀又是一驚。

「什、什麼意思？」

「夢啊。您之前不是說夢裡總會聽見某個人的聲音嗎？那隻貓也沒幫您改善這點嗎？」

醫生以毫無心機的語氣這麼問。

「這個嘛……」

這麼說來，這兩天因為沒睡著，當然也就沒有為那個夢境所苦。來這間醫院前，每晚都做惡夢，夢裡盡是雛子高亢的聲音，以夾雜著嘲弄和失笑的語氣說著「不錯呢、不錯呢」，令古賀非常痛苦。

可是，剛才在電車裡睡著時，做的卻是一個美夢。夢中古賀自己毫不抗拒地豎起拇指說「不錯呢」。夏繪和笑里、雛子及客服中心的員工們也出現在夢裡了。大家聽到古賀說「不錯呢」，都露出開心的笑容。

見古賀沉默不語，醫生微微歪了歪頭。
「嗯——如果您堅持的話，還是幫您換一隻貓？」接著，他又敲起了鍵盤。
「現在我們這邊有同樣效果的貓……」
「啊、那個——」
「是。」
「病患一說不行就馬上換一隻的話，再怎麼說貓都太可憐了吧？」
「是這樣嗎？可是不行就換別的，這很正常啊。用來取代的備案，要多少有多少。」
醫生微笑說道，一副天經地義的樣子。
也不知道他指的是貓還是藥，又或者是指待遇和人力？古賀已經搞不清楚了，只覺得內心有什麼被戳中。看醫生又開始敲鍵盤，他急忙開口：
「請讓那隻貓……請讓丸五在我家待到最後吧。我太太和女兒都很喜歡她，就這樣沒關係啦。睡眠不足的事，我可以再想辦法忍耐八天。」
「是嗎？我明白了。那麼，貓就維持這樣，我們改個服用方法好了。等等我開給你處方箋，請到櫃檯領取後再回家。」
接過醫生給的小紙片，走出診間。沙發區依然無人，一片安靜。
「古賀先生。」櫃檯裡的護理師喊了古賀的名字。把處方箋遞給她後，換來另外一個紙袋，裡面裝著類似舊抱枕的東西。
「這是什麼？」
「是那隻貓平常睡覺的床。將貓送回來的時候，也請一併把這個帶回來。請絕對不要忘記，拜託了。」
雖然態度冷淡，但聽得出她很珍惜重要的東西。雖然年紀比自己小很多，聽了護理師這麼一說，古賀不由自主挺直背脊。
帶著抱枕，下午回到客服中心上班。即使趕上了會議，福田卻故意當面嘆了好大一口氣，雛子也上前來關心古賀的身體狀況，令他感到無地自容。
幸好，一回到家，那些慘澹的心情立刻煙消霧散。就算自己不在家，夏繪和笑里還是自顧自地在客廳談笑，不過這是常有的事，最重要的是，現在那裡還有丸五。妻子和女兒一邊對著丸五笑，一邊望向自己，家裡的氛圍和過去完全不同。

丸五伸長了身體，躺在地上。但是，一看到古賀就起身走向他的腳邊。

「喔！丸五，妳真棒，還會上前迎接主人呀？」

古賀高興得鼻孔噴氣。然而，丸五嗅了嗅他的腳尖，竟然做出睜大雙眼與嘴巴的表情，像是非常錯愕似的僵在原地。就算人類都不會表現得這麼露骨，只差沒說她是被腳臭的味道嚇壞了。

「妳這傢伙，那什麼表情啊！」

「這叫『裂唇嗅反應』啦。」笑里拿著手機說。「貓在嗅聞味道時，好像都會做出這種表情喔。丸五，剛才那樣好可愛喔，再來一次嘛。爸爸，你再讓她聞你的腳啦。」

「我才不要，那表情太傷人了。簡直像在嫌棄我腳臭。」

一邊心想，真是沒禮貌的傢伙，一邊拿起自己的襪子試著聞了聞。整天悶在皮鞋裡的腳，散發強烈的氣味。

「好臭！這可不行，難怪貓會嚇到。」

「她會露出那種表情，和臭味其實無關喔。那是在確認對方身上的氣味啦。爸爸，我想幫丸五拍影片，你把腳拿開一點。」

「為何啊？」

即使被嫌礙事，笑里願意主動跟自己說話已經讓古賀很高興了。至於丸五，她現在正對醫院拿回來的紙袋興致勃勃。古賀從紙袋裡拿出淺粉紅色的箱型貓床。這個貓床似乎洗過很多次，表面都起毛球了。

「咦，那是什麼？看起來好像用很久了，舊舊的。」夏繪問。

「是貓床喔。丸五這傢伙晚上不睡覺，給她這個或許能好睡點。喂，丸五，我把妳的床借回來了喔。」

丸五鼻尖靠近粉紅色的貓床，接著又瞪大眼睛，張開嘴巴，露出彷彿受到驚嚇的表情。

「太棒了！丸五，停在這個表情不要動！」笑里用手機鏡頭對著丸五拍照。

「爸爸！你的腳、腳！礙事！」

「怎、怎樣啦！」

古賀急忙把腳挪開。丸五擺出一副事不關己的表情，乖巧地端坐在那裡。

「真是的，好不容易拍到可愛的臉，連爸爸的襪子都入鏡了啦。用修圖的方式修掉好了。還是說，乾脆保留比較好笑啊……看起來就像丸五對著爸爸的襪子做了鬼臉。」

笑里一邊笑，一邊在手機上打字。就算是不得已拍到的，看到女兒對著自己襪子的照片笑，心裡還是很高興。一旁的夏繪看著父女倆的互動，也露出了微笑。

笑里抓住丸五，跟著一起躺在地上，伸手撫摸丸五的肚子。

「爸，跟你說喔，我知道為什麼這隻貓要叫丸五了。」

「一定是說明書上寫的吧？」

「才不是咧。你看，名字的由來肯定是這個。她身上不是有好幾處白毛嗎？肚子這裡兩個，腿根那裡也有。」說著，笑里把丸五翻過來，背面朝上。「屁股和背上也有，圓形的白毛斑紋，總共五個，所以叫丸五。」

「碰巧而已吧，而且一點也不圓啊。」

「絕對是我說的這樣沒錯啦。她小時候這些白色的部分一定是漂亮的圓形，只是長大拉長就變形了。」

「是嗎？」

「就跟你說一定是了。」

一家三口為了同一件事笑成一團，已經多少年沒有這樣了呢。即使笑里長大了，若能在彼此看著同一個東西時同樣感到可愛的話，父女之間自然就有話題了吧。女兒成長過程中曾經失去的什麼，現在似乎重新回到了身邊。

「還真不是一點屁用都沒有呢。」

原本以為不可能派上用場的貓，似乎為生活帶來了一點變化。聽見古賀喃喃低語，夏繪皺眉說：

「討厭啦，孩子的爸，你放屁了？離我們遠一點啦。」

「不是不是，我沒有放屁。嗯？丸五怎麼啦？這什麼臉？」

一看，丸五又睜大眼睛，張大嘴巴。笑里皺起臉來，用手摀住鼻子。

「哎唷，好臭。丸五，我們去那邊。」

「才不臭呢！我又沒放屁！妳們幾個是怎樣！喂，我真的沒放屁啊。」

然而，笑里已經抱著丸五上了二樓，夏繪也回廚房去忙了。剛才還熱熱鬧鬧的客廳，眨眼就只剩下古賀一個人。

從這天晚上起，按照說明書上寫的，把家裡的房門都打開，讓丸五可以自由地在家中各個地方睡覺。

粉紅色的睡床放在客廳，她有時會蜷縮在這裡，有時會鑽進笑里的被窩，有時還把身體塞進夏繪的枕頭和床中間。

這些舉動都還令人莞爾，唯獨和古賀一起睡覺時，丸五總是緊貼在他身上。好幾次，她都跳上古賀的胸口。當然很重，差點喘不過氣的古賀改成趴睡，她又跳到背上。若是再把她移開，丸五就會硬擠進古賀腋下，害他連翻身都沒辦法。

無奈之餘，只好雙手交握放在胸口，以直立的姿勢仰躺著睡。這下，丸五乾脆橫躺在古賀下巴下方。睡著睡著，脖子被她愈勒愈緊。隔天早上醒來，滿嘴都是貓毛。

昨晚，丸五抓下掛著沒收的大衣，在上面蜷起身體睡覺。一看到古賀要穿去上班的大衣沾滿貓毛，全家又笑成一團。

「總覺得，這隻貓是不是只會欺負我啊？」
「可是我把爸爸衣服變成那副模樣的照片上傳之後，好多人按讚喔。貓果然很強，點閱數硬是多了一位數。」
原本一家三口吃完晚餐後總各自分散到不同房間，自從丸五來了之後，丸五在哪裡，三人就聚集在那裡。笑里拿手機拍丸五的影片，古賀也趴在地毯上，想試看看自己是否能拍出不錯的影片，聽到笑里這麼說，不禁心頭一驚。
「不要滿口都是按讚、按讚的，笑里，那種廉價的讚美沒有價值。」
「才不是呢，爸爸一點都不懂。」
「我哪裡不懂了？」
「讚美別人是一件挺困難的事啊。」
笑里趴在地毯上，從對面拍攝丸五。古賀看著映在自己手機螢幕裡的丸五，不服氣地說：
「沒這回事吧？讚美有什麼難的？不就是隨口誇獎一下對方的服裝或髮型而已嗎？」

「爸爸，你的觀念很危險喔，這種事情是很敏感的。」
「怎樣敏感？」
兩人手裡都舉著手機，把丸五夾在中間，一邊交談，眼睛一邊盯著螢幕。
「眼神和語氣都會洩漏一個人真正的想法，究竟是真心讚美，或者只是說表面話，其實都能感覺得到。讚美別人的穿著是最難的了，一個沒弄好，聽起來會很像在嘲諷，要是從爸爸嘴裡說出來，搞不好還會被認為是性騷擾。」
「性、性騷擾？」
對在職場上擔任主管的中年男人而言，這是最令人提心吊膽的詞彙。古賀暗自希望前幾天大紅內衣褲的事有順利矇混帶過。
「再說，就算真的那麼想，讚美別人仍是一件耗費能量的事。自己沮喪的時候，就連滑手機都嫌麻煩，更何況是去讚美別人。尤其是當別人傳了自己沒興趣的影片過來時，內心真是虛脫無力。可是，又不能假裝沒看到，有時還得不情不願地留言或回覆訊息。」
「哎呀，我們笑里長大了呢。」

夏繪這麼說，笑里聳了聳肩。

「大家都一樣啊。會想把自己喜歡的東西給別人看，希望獲得別人的稱讚。如果讚美能讓彼此感到幸福，就算只是廉價的稱讚之詞或只是按個讚，那都有它的價值。爸爸，你也可以拿丸五的照片給公司那些女生看啊？貓可是很強的喔。」

笑里笑了。古賀驚訝於女兒成熟的意見，感覺自己也開竅了。

電話客服中心裡的午餐時間，雛子一如往常受到員工們包圍，傾聽她們的各種自誇。現在即使看到雛子面帶笑容稱讚她們，古賀也不覺得火大了。反而打從內心佩服她的得體應對。惡夢和失眠都在不知不覺中消失，總覺得不只因為貓的緣故。放下自己出於自卑的堅持後，雛子的聲音不再縈繞耳邊。

這天，難得看到雛子一個人在走廊角落休息。那裡以前是員工吸菸區，雛子背對著這邊，望向窗外。

古賀確認旁邊沒有其他人後，走向雛子。

「中島小姐。」

「哎呀，是古賀組長。」雛子回過頭來。

「那個，請看……」古賀戰戰兢兢地拿出手機。「這是我在家拍的影片，不介意的話，請妳看看。該怎麼說呢，很療癒喔……」

「喔喔……古賀組長家裡也有小孩子嗎？」

雛子露出明顯疲憊的笑容，又立刻驚覺什麼似的，倒抽一口氣。

「抱歉！我語氣是不是不太好？剛才在發呆……是您家小孩的影片嗎。請讓我看看。」

換上跟平常一樣開朗的笑容，雛子望向古賀的手機，看了影片之後，笑得更爽朗了。

「哎呀，是貓咪呀。古賀組長，你們家有養貓嗎？」

影片裡的丸五在睡覺。和人類一樣拉長身體仰躺，前肢交錯放在胸前，尾巴從後肢之間伸出來。跟古賀為了防止丸五跳上自己身體而採取的睡姿一模一樣。

「啊哈哈，真是的，這是在睡覺嗎？」

「是啊，很像圖坦卡門吧？」

「超可愛的！真不錯呢！」

雛子大笑，笑得比平常更開心，張大了眼睛，著迷地觀看影片。古賀看著這樣的雛子心想。

讚美別人是一件耗費能量的事。笑里說得沒錯。雛子從東京過來，是為了來統率這裡大批的員工，公司一定也會要求她做出一番成果。然而，身邊的中年男人卻懷著怨恨的心情拒絕配合。她或許累了，可能會想要獨處，也會有不想再稱讚別人的時候吧。

「動物真的好療癒喔。」雛子一邊看著影片一邊這麼說，笑容裡還看得出一絲疲憊。「我很喜歡小朋友和小嬰兒，不過自己單身，有時不知該做什麼反應才好。話說回來，我的反應一點都不重要就是了啦。」

「大家都很高興喔。」

回過神時，古賀發現自己說了真心話。

「被中島小姐稱讚，大家都很高興喔。我覺得很不錯，我覺得妳這樣很好。」

雛子愣了一下，立刻又難為情地笑了。

「哎呀，我被稱讚了耶。真的呢，好高興喔。」

古賀也心想，真的呢，做平常不習慣做的事，果然耗費能量。可是，如果對方能因此就感到高興，彼此互相稱讚一下真的不算什麼。

「也有這樣的照片喔，妳看。」

古賀拿出丸五做出裂唇嗅反應時，表情看似震驚的照片。或許已經恢復往常的活力，雛子用誇張的語氣大讚可愛。終於明白為什麼大家都愛聚集在雛子身邊。就像在家的時候，全家人都愛聚集在丸五身邊一樣。小小的幸福，讓心都溫暖了起來。

玻璃櫃裡，幼貓打鬧著玩。每隻貓看起來都鬆鬆軟軟的，像絨毛玩偶一樣可愛。只是，擺出的標價一點也不可愛。

或許因為適逢假日，有很多帶小孩的家庭來購物中心裡的寵物店。開闊的店內光線明亮，小狗在大大的籠子裡奔跑，小貓也都待在寬敞的空間裡。有的貓在玩，也有無視貼在玻璃上看的客人，兀自睡覺的貓。

店員手上各自抱著貓或狗，只要對上了視線，就會讓客人上前摸。古賀怕自己忍不住，盡可能不靠近。
笑里雙手撐在櫥窗玻璃上，盯著裡面的小貓。那隻淺咖啡色的長毛貓，有一雙藍寶石般的眼睛。
「媽，妳看，這孩子是不是很漂亮？」
「真的耶。不過，妳不是說想要蘇格蘭折耳貓？雖然沒有漂亮的折耳，但是這邊也有喔。」
古賀起初還很認真看，馬上就退縮了。種類實在太多，品種名稱又太長，價格也高得超乎想像。因為笑里和夏繪還在跟店員說話，他就自己一個人坐在店裡的沙發上。
說要養貓的是夏繪。就在丸五離開家後不久。儘管只寄養了十天，丸五在家人心中已經留下巨大的存在感，家裡的氛圍也因她而大大改變。和丸五待在一起最久的，是白天都在家的夏繪。古賀能夠理解那有多失落，也明白她為何急著想養一隻貓。
古賀想起帶丸五回醫院時的事。在診間裡，將外出籠交給醫生前，古賀這麼問：

「請問……丸五會回到對她好的地方吧？」

「什麼？」醫生不解地歪了歪頭。

「不是啦，我太太她有點好奇。因為丸五的睡床雖然舊，一看就知道洗過很多次，一定是養丸五的人知道她喜歡這個睡床，所以很珍惜地使用吧。她是這樣說的，我在想實際上不知道是怎樣呢？」

「喔，是的是的，是這樣沒錯喔。對貓來說，東西昂貴或便宜不是問題，重要的是氣味。丸五是在能安心睡覺的好人家被飼養的孩子，請別擔心。」

醫生回答的語氣聽起來輕浮隨便，接過外出籠時的動作卻很溫柔。籠子裡的丸五也絲毫沒有不捨，眼神反而看似卸下重擔般神清氣爽。這隻貓有著一雙綠茶色的清澈眼眸。

這間寵物店沒有像丸五那種花色的貓。也沒有成貓。其實古賀喜歡像丸五那樣強悍的貓，但總覺得由人來挑選貓這件事本身好像就不太對。

「吶、爸爸。」

笑里和夏繪走過來，似乎決定好了。古賀吆喝一聲，從沙發上站起來。

「喔，不用在意價錢，選妳們中意的就好。反正只要我繼續開現在這輛車，到下次車檢前都先不買新車就行了。」

「不是啦。」笑里神情有些複雜，環顧寵物店內。「這裡的貓都很可愛，客人也很多，就算不是我們，一定也會有好人來帶牠們回家。所以，我想說……不要買寵物店的貓，這種的你覺得如何？」

笑里朝古賀出示手機螢幕。看起來似乎是某個網站，以為是另一間寵物店，仔細看又不是。

「貓咪中途之家？」

「嗯。我大學朋友家的貓，就是從這裡帶回家的。聽說今天有送養會，可以過去看看嗎？」

「領養中途之家的貓嗎？」

中途之家和收容所有什麼不一樣呢？已經對熱鬧的寵物店感到厭倦的古賀，決定照笑里說的，去一趟貓咪中途之家。

由動物保護團體營運的「京都貓咪中途之家」，位於離市區稍遠的閑靜場所。建築外觀看起來像平凡無奇的大賣場，進到裡面之後，才發現沒有想像中那麼殺氣騰騰，反而寬敞明亮。整排的貓籠裡有許多待領養的貓咪，來參觀送養會的，多半是一家人或夫妻檔。

「數量好多喔，這些都是被丟掉的貓嗎……」

「好像各種情形都有喔，有路上流浪的，也有遭飼主棄養的。」

「棄養啊，居然會有人做這麼過分的事。」

笑里和夏繪蹲下來一隻一隻看貓，古賀自己在園區內晃來晃去。除了送養區，其他地方也有許多貓。有些籠子上掛著「治療中」或「不可認養」的牌子。和剛才見過那些蓬鬆柔軟，眼神明亮的貓不同，這裡的貓有的臉上有傷，有的身上的毛都禿了，各種狀況都有。

回到夏繪和笑里身邊，她們正回頭看最初看的那個籠子。

「這裡的貓都是成貓喔，妳們願意養嗎？」

「小貓當然比較可愛，可是照顧起來也相對不容易啊。我們家沒養過貓也沒養過狗，總是會有點不安。」

「是這樣沒錯，但這麼大的貓親人嗎？」

「親人喔。」

背後傳來搭話的聲音，古賀回過頭，嚇了一跳。

「咦！你在這裡做什麼？」

站在那裡的，是那間奇怪診所的醫生。臉上淡淡的微笑，就跟在醫院時一樣。只是，今天他穿的不是醫師白袍，腳下踩著橡膠雨鞋，懷裡抱著一隻偏黑色的貓。

「你在這裡工作嗎？喔，我知道了，你同時也是獸醫吧？所以才會開處方貓。」

「什麼？」男人歪著頭，一臉疑惑。那滑稽的動作也和在醫院看到的一樣。

「敝姓梶原，是這個園區的副園長。延續剛才的話題，送養會上的貓大多已習慣跟人接觸，只要付出足夠的時間和情感，他們都很願意親人的喔。府上過去養過貓嗎？」

那個叫梶原的男人溫和詢問，笑里推開古賀回答：

「沒養過。不過，之前有稍微幫別人照顧幾天，那隻貓非常可愛，所以我們現在也想養貓。」

「這樣啊，這也是一種緣分呢。我們這邊要求的飼主門檻比較低，不然大部分送養單位通常不讓沒有飼養經驗的家庭或單身者認養。與其那樣打擊大家的心意，我們這邊採取放寬條件的方針。」

梶原溫和的微笑，讓笑里看得著迷。古賀則在一旁打量他。不管怎麼看，都是那間醫院的醫生。外表、說話方式，就連溫和中帶點冷淡的微笑都一模一樣。

梶原懷抱裡那隻黑茶色的貓扭動起來，朝古賀轉頭。貓有一雙和丸五相似的淺綠色眼睛，鼻子一邊有一大塊黑色斑紋，另一邊則是扭曲的條紋花色。身上的顏色不太平均。

「請問，這是玳瑁貓嗎？」

古賀問梶原。

「白色的部分比較多，真要說的話算是三花貓吧。也混有一點虎斑貓的血統。這孩子是女生喔，年齡大約三歲。」

「這隻貓也可以認養嗎？」

「可以啊，這孩子很乖，但如您所見，臉上的花色不太均勻，所以不受歡迎。對不對，小六？」

梶原溫柔地對貓說話。貓抬起鼻頭，把臉湊上去。古賀、笑里和夏繪都盯著那隻貓看。明明園區裡還有更多漂亮又會撒嬌的貓，不知為何，三人眼中只有梶原懷裡的貓。

「她的名字已經取好了嗎？」笑里問。

「雖然少了點情趣，但這裡的貓都用號碼命名喔。這孩子住在第六籠，所以叫小六。正式的名字可以等認養後再讓飼主們命名就好。怎麼樣，你們要不要抱抱她？」

「可以嗎？」

「請。」梶原把貓交給笑里。笑里手忙腳亂地抱住貓，對古賀和夏繪露出不知所措的表情。

「哇，好溫暖。」

貓再次抬起鼻頭，嗅聞味道的動作令笑里綻放笑容。古賀也笑了。

「身上有很多斑紋的六號，就叫斑六好了，哈哈哈。」

笑里聽了皺起眉頭。

「爸爸太奸詐了，怎麼可以擅自決定名字。」

「欸？沒有啊，我只是隨口說說。」

「人家本來想取個更可愛的名字，像是摩卡或貝莉之類的。」

「那就叫她摩卡啊，貝莉也行。」

「來不及了，現在怎麼看都是斑六了。對不對，媽？」

「真的呢，完全就是斑六了。」

夏繪笑著把臉貼在貓的臉上，貓在兩人之間東張西望，顯得有些慌張。

「如果三位對這隻貓有興趣，歡迎先帶回家試養幾天，確定彼此是否合得來吧。請到那邊進行簡單的書面審查吧。」

梶原指著櫃檯方向這麼說。夏繪和笑里兩人走過去辦手續，貓又交回梶原手上。看來，這隻身上有斑紋的貓就要來自己家了。

古賀不時偷瞄梶原的臉。

「請問，你真的不是那間醫院的醫生嗎？在六角和蛸藥師中間，一間叫『中京心的醫院』的小診所。」

「喔，那間醫院我也聽說過喔。」梶原笑了。「是心醫師的醫院對吧？我以前在那裡任職過，他偶爾也會來園區呢。」

「不、呃……你說的醫院是身心科診所嗎？」

「身心科？不是耶，我說的是中京區的須田醫院。」

眼看兩人雞同鴨講，梶原露出困擾的表情笑了笑。這時，笑里和夏繪正好回來了。

「斑六……不是，我們決定帶這隻貓回家試養了。爸，可以吧？」

「可以啊。」

古賀心不在焉的，看著梶原掛在胸口的職員證。上面寫著他的名字「梶原友彌」。外表雖然和那間醫院的醫生一模一樣，個性卻比那個醫生穩重多了。像這樣交談過後，就能明顯辨別兩人不是同一個人。梶原把黑茶色的貓交給笑里。

「小六，要跟大家好好相處喔。」

說著，梶原伸出手指搔搔貓咪的額頭。貓舒服地閉上眼睛。將貓裝進跟園區借的外出籠，笑里心情很好。

「我上傳了貓的照片，說我們現在要帶回家試養，好多人按讚呢。還有人說『咦？斑六這名字挺不錯的嘛』。雖然不知道為什麼，爸爸取的名字頗受好評，太好了。」

「哼，這種廉價的讚美是討不到爸爸歡心的。」

事實上，知道自己隨口取的名字得到那麼多讚數，心裡還是很高興。即使不是玳瑁貓，這隻和丸五同樣有著強悍生命力的貓，似乎就要成為家裡的一分子了。這點也讓古賀感到開心。

回家後，自己也幫她拍照和拍影片吧。然後，下次拿給誰看。

如果有人稱讚，那就稱讚回去。斑六一定會得到很多讚美。換句話說，等於是為她取了這個名字的自己得到很多讚美。站在拚命稱讚貓咪的妻子與女兒身邊，古賀得意地笑了。

第三回

南田惠站在六角麩屋町通轉角處的公園前。

轉身一看，女兒青葉低著頭，隔著一條小路站在對面。她那副模樣看了就讓人火大，惠忍不住嘆氣。

「青葉，走快一點。擋到旁邊的人了。」

聽到惠以平板的語氣這麼說，青葉一臉沮喪地拖著腳步走過來。

小學四年級的青葉外表看上去還很孩子氣，再加上那無精打采的態度，讓惠覺得自己好像成了壞人，不該對孩子這麼冷淡。可是，青葉老是這樣磨磨蹭蹭的，惠實在沒有多餘心力溫柔對待。照著女兒從朋友那裡聽來的地址走，確實有找到一間醫院，可是不是她想去的那間。

「……我是聽莉瀨和朋美說的啊，希子媽媽朋友的小孩也說她有在心醫生的醫院跟醫生聊天過。」

「可是，心醫生的醫院我們剛才不是去過了嗎？不是妳想去的醫院啊。」

沒查好就出門的自己也有不對。明知如此，惠還是按捺不住聲音裡的厭煩。

升上四年級後，女兒青葉忽然變得問題多多。一下說學校無聊，一下抱怨課業太難。這些也就算了，有時還會露出憂鬱煩悶的神情。幾天前，她開始吵著要去中京區一間「心醫生的醫院」看診。

惠認為小學生根本不需要看身心科。可是，跟附近的媽媽朋友們聊到這件事時，她們卻說現在這個時代，連幼稚園童看心理醫生都是天經地義的事。聽她們這麼一說，惠忽然坐立不安起來，馬上就想採取行動。彷彿現在不帶青葉去的話，自己就是個跟不上時代潮流的沒用母親。

就這樣，兩人靠地圖應用程式找到的，是位於中京區一間由「須田心」醫師開設的醫院。

然而，這間醫院並非身心科診所，也不是小兒科。

真要說的話，甚至不是以人類為對象的醫院。一走進這間位於小巷弄裡的老舊小醫院，立刻就看到長椅下趴著一隻大狗。整面牆上貼滿貓狗的照片，其中也有很多是和飼主一起拍的。

這間「心醫生的醫院」是一間獸醫院。雖說今天之所以會來，只是為了跟得上媽媽朋友的話題，惠開始後悔沒有事先跟青葉把話問清楚了。

「我們回家吧，媽媽該準備晚餐了。」

「怎麼這樣，我們去找『心醫生的醫院』嘛，應該在中京區的某條路上才對啊。」青葉垮下臉來，表達不滿。

「不就是須田醫院嗎？可是那是獸醫院耶。」

「不是那裡。她們說是在某棟大樓的最高樓層，還說那裡的醫生會耐心聽人說話。莉瀨和朋美都有固定看的心理醫生，她們的醫生說，就算沒什麼事也可以隨時打電話去呢。」

「小孩子看什麼固定的心理醫生……」

惠無力地笑了。這孩子完全被朋友牽著鼻子走。

不過，惠也從媽媽朋友那裡得知，最近孩子們之間流行心理諮商和心理支援。除了去補習、學才藝和擁有手機外，孩子們似乎認為，心事不找父母或老師商量，尋求專業人士的協助才稱得上帥氣。隨著孩子的成長，做父母的和他們之間愈來愈難展開對話，也無法理解他們心裡想什麼。

「……如果妳有事想說，等寫完功課媽媽再聽妳說啊。」

「說是這麼說，媽媽根本什麼都不懂。而且妳每次都沒在聽我講話。」
青葉叛逆地頂嘴，惠忍不住怒上心頭。
「既然這樣，那妳自己去找。」
撂下狠話，惠兀自往前邁步離去。走過一個路口，快到富小路通轉角時，回頭一看，青葉還站在半路上的店家外面，指著前方說：
「媽媽，這裡有一條小巷子。」
「巷子？妳在說什麼啊，那裡沒有路可以過去呀。」
「就是有嘛，妳看！」青葉像個幼兒一樣耍賴。「妳看清楚！就是有路嘛！」
「反正就算過得去也只是停車場吧，要是不小心闖進私人土地……」
惠不耐煩地走回青葉身邊。沒想到，那裡真的有一條陰暗的小巷子。
「看吧？明明就有。我說的是真的吧。」
青葉得意洋洋地說。不過，從外面的大馬路上看過來，真的就只是條小隙縫，也難怪自己沒注意到。惠只是默默點頭。巷弄盡頭被一棟老舊的大樓擋住去路，給人一股詭異的感覺，惠不太想走過去。這時，青葉忽然往前跑。

「媽媽，我去找給妳看。」

「等等，青葉，別跑進那麼奇怪的大樓。」

「可是媽媽剛才不是叫我自己找嗎？」

說完，青葉毫不遲疑地走入大樓。惠也趕緊跟上前去。

入口的門莫名沉重。光是這樣，這間醫院就令人卻步。進到裡面一看，護理師正眼不瞧人，態度很是冷淡。被帶進診間後，裡面只有一張給病患坐的椅子，惠只好站著。

已經快五點了，再這樣拖拖拉拉下去，讀國中的大兒子就要回到家了。正值青春期的他食量比什麼都大，還會帶一堆社團穿的運動服回來洗。

原本打算回家路上順道去一趟超市，這下也只好放棄。冰箱裡還有什麼菜呢？對了，下星期和媽媽朋友們的茶會，該帶什麼去好呢？想得到的網購美食幾乎都買過了。

各種待辦事項閃過惠的腦中。至於青葉，或許因為終於來到這間醫院，倒是顯得很雀躍。

「剛才那個護理師好漂亮喔。我總覺得好像在哪裡看過她，是不是像哪個明星啊？」

「青葉，安靜點。」

惠輕輕瞪她一眼，青葉低下頭。

簾子拉了開，走入一位身穿白袍的男性。第一次看到這麼年輕，長相又俊俏的醫生。

「哇，嚇我一跳。醫生，你好帥喔。」

青葉活潑地向醫生搭話。自己內心的想法被女兒脫口而出，惠暗自心驚。

「青葉，別說那麼沒禮貌的話。安靜一點。」

情不自禁對孩子用了冷淡的語氣。青葉再次低下頭，鼓起腮幫子。發現自己成了在身心科醫生面前斥責孩子的母親，不由得一陣尷尬。畢竟現在這個社會，這種行為很容易被放大為虐待兒童。惠偷瞄了醫生一眼。

醫生笑咪咪地說：

「椅子，反了喔。」
「咦？」
「應該讓媽媽坐才對，妳才是病人吧？」
瞬間搞不清楚什麼狀況，然而很快地，惠臉紅了起來。
「不、不是我，要看診的是我女兒。」
「咦？是喔，要看診的是女兒啊。」醫生看了看青葉的臉。「她看起來沒什麼問題啊，小妹妹，妳叫什麼名字，今年幾歲？」
「我叫南田青葉，今年十歲。」
「好的，那麼今天來，是有什麼問題嗎？」
「是這樣的……」青葉歪了歪頭，懸空的雙腳前後擺動。「在學校裡有些傷腦筋的事情，想請醫生聽聽看，可以嗎？」
「當然可以啊，請說。」
「醫生，你知道『派系』嗎？我們班上出現了派系。」
青葉一臉天真地提出問題，惠聽得睜大眼睛。

「等等青葉，怎麼跟醫生說這種事呢……」

「沒關係的，媽媽。派系啊，妳連這麼難的詞彙都懂呢。我是醫生，當然知道什麼是派系啊，派系怎麼了嗎？」

「就是，現在我們班上出現了兩個領導者，彼此絕對不會加入對方的派系。老實說，我其實不想被捲入這種鬥爭。但是，萬一選錯邊的話，在班上的階級地位就會變得很低，所以真的很苦惱。跟我要好的莉瀨和朋美都跟她們固定在看的醫生商量了這件事，所以我也想聽聽看醫生的意見。」

青葉的語氣活潑開朗，聽起來就像在聊什麼卡通動畫。

惠愕然無語。雖然知道青葉最近在鬧彆扭，今天也是為了讓她開心才特地來這裡的，可是——

可是，沒想到竟然會聽到這樣的事。

「青葉，這裡不是講那種無聊小事的地方喔。來這裡，是要跟醫生商量煩惱或擔心的事，人家醫生很忙，妳要講就講些像樣的事。」

「喔喔，沒關係的，媽媽。」醫生輕輕一笑。「原本也沒那個打算，只是很多人聽了謠言就聚集過來而已。我們在等的，始終都只有預約的患者。不過，看來對方今天好像也不會來。雖然我們還是會繼續等下去就是了。」

「那個人預約了卻不來嗎？」青葉問。

「是啊。我們從很久以前就一直在這等了呢，也不知道為什麼，是不是因為門太重了啊。」

醫生一臉疑惑地努了努下巴。

真是個奇怪的醫生。說話方式很老派，態度卻有著時下年輕人的輕佻。惠總覺得自己好像來錯地方了。話說回來，青葉跟醫生商量的事根本毫無意義，讓她聽得冷汗直流。

青葉笑著望過來。

「媽媽剛才也生氣地說那扇門很重呢。」

「不說話沒人會嫌妳是啞巴，青葉。」

惠皺起眉頭，椅子上的青葉又沮喪地低下頭。氣氛瞬間變得糟糕，惠覺得受不了了，心想還是回家吧，等著做的家事堆積如山。

「醫生，不好意思，拿這麼無聊的事來叨擾您。我女兒她好像只是想來醫院而已。小學裡也有諮商中心，我會要她去找那邊的老師商量。」

「哪裡無聊了。」青葉低著頭嘀咕。「媽媽每次都說我講的話很無聊。」

「難道不是嗎？好了好了，回家了。媽媽得回去煮飯才行啊。校園階級的事，我等一下再聽妳說。」

然而，青葉卻是無動於衷。

「妳才不會聽呢。為什麼媽媽老是不肯聽我說話。」

「我有聽啊，吃飯的時候不是都在聽嗎？」

「媽媽什麼都不懂。不管我說什麼，妳都只會說『反正一定是妳自己不好』、『那種無聊小事怎樣都無所謂吧』。派系的事情也是，我早就跟妳說過了喔。結果妳也只說『不要跟那種無意義的事扯上關係』。」

「那是因為……」

自己真的有聽過嗎？真的那麼說了嗎？

就算是也不可能記得了。小學生每天都有不同煩惱，哪有空一一仔細聽她說。

「這樣啊……那可不行呢。」

醫生雙手盤在胸口，口中喃喃低語。

「門對妳來說很重是嗎？那可不行呢。看來得開一隻效果強一點的貓了。千歲小姐，帶貓過來。」

於是，護理師從簾子後方走進來，手上提著一個外出籠。

「尼克醫生，這樣真的好嗎？預約的患者差不多快到了，說不定等一下就來了喔。」

護理師皺著眉頭，看似不太能接受。醫生苦笑著說：

「哈哈，要是來了，就只好等一下嘍。我們至今等了這麼久，讓對方等一下也不為過吧。」

「不關我的事喔。」護理師冷冷說完，放下外出籠就走出去了。

惠很訝異，這位護理師對醫生的態度很囂張。不只如此，她簡直就像在趕人走。

「媽媽。」青葉低聲喊惠。以為她又和自己想了一樣的事，結果好像不是。青葉看著外出籠，指著裡面說：
「妳看，裡面有貓耶。」
「貓？哪可能有這種事，這裡又不是獸醫院。」
「可是，妳自己看嘛。」青葉也生氣了。「我說的話妳都不好好聽！」
惠有點無奈，只好蹲下來。那是個簡單的塑膠外出籠，隔著側面的透氣網，確實看見裡面有白白的東西。是一隻白毛貓。
小小的貓，因為炸毛的關係，看得出貓毛細又蓬鬆。淺粉紅色的鼻子給人一種楚楚可憐的感覺，看上去很脆弱，只有眼睛特別大。其中一邊的耳朵混了些許黑毛。
「……白雪。」
惠輕聲低喃。青葉轉過頭來。
「媽媽，妳認識這隻貓喔？」
「不、可是……那是不可能的……因為這孩子是……」
茫然之中，視線無法從小貓身上移開。蓬鬆的白毛彷彿蒲公英的棉絮，吹口氣就會飛走。當年也曾這麼想過，那時的記憶歷歷回到腦中。

那是惠小學三年級時的事。

「小惠、麻美，快點快點！」

在麗子的呼喚下，惠往前飛奔，背上的書包左右搖晃。

放學後的回家路上，三人繞了點遠路，來到平常不會經過的空地。水泥圍牆角落被人丟了一個厚紙箱，麗子蹲在箱子前，惠和麻美站在她後面窺看。箱子裡有髒毛巾、報紙和三隻蠢動的小貓。

「哇，是貓耶！」

瞬間，惠胸口一陣激動。她雖然摸過鄰居養的狗，但從來沒接觸過貓。第一次這麼近距離看到貓，體型小得跟絨毛玩偶沒兩樣。

小貓張開小小的嘴巴，低聲喵喵叫。嘴裡已經長了牙，但那牙齒看起來脆弱得就像塑膠。

三人喊著「好可愛」，丟下書包，眼裡只有三隻小貓。小貓時而打哈欠，時而伸出短腿搔頭，非常非常可愛。空地上開了很多黃色的蒲公英，比較早謝的只剩下白白的棉絮。小貓蓬鬆柔軟的白毛，就像蒲公英的棉絮。
第一個伸出手的是麗子。麗子是惠她們這群女生之中的頭頭，聰明伶俐，也很會讀書。
麗子從紙箱裡抱起一隻白貓，麻美也跟著抱出一隻。兩人看著惠，眼神像在說「該妳了」。即使內心畏怯，惠仍從紙箱裡抱出最後一隻貓。
貓的重量出乎意料的輕，身體很柔軟。
小貓們身上細毛豎立，纖細得彷彿一吹就會飛走。惠手上的貓除了單邊耳朵摻雜黑毛外，全身都是白毛。淺粉紅色的鼻子給人一種楚楚可憐的感覺，看上去很脆弱，只有眼睛特別大。
三人就這樣抱了貓好一會兒，最後麗子率先起身。
「我要養這隻貓。」
「欸！」惠和麻美面面相覷。
「嗯，我要養。不然太可憐了。」
麗子說得斬釘截鐵，低頭凝視還蹲在地上的兩人。

「我會去拜託媽媽讓我養，妳們也這麼做吧。」

「可、可是……」惠抱著貓，低下頭。「我媽應該不會答應，因為我家太小了。」

「沒有拜託看看怎麼知道一定不行。我媽白天也要工作，她是學校老師，比其他人的媽媽還忙耶。」

「話是這樣說沒錯……」

惠家沒有養動物，頂多只有暑假時弟弟抓回來的獨角仙。就連獨角仙也只是連籠子一起放在玄關，到底誰在照顧都不知道。

腦中浮現媽媽的臉，惠怎麼也不敢帶貓回家。然而，麗子的視線毫不留情。這時，麻美猛地起身。

「我也要養，回家拜託媽媽看看。」

「真的嗎？麻美心地真善良。」

「嗯，不然丟著貓咪太可憐了。萬一媽媽說不行，我就拜託爸爸。」

感覺麗子和麻美無形中站在了同一邊，惠焦急起來。慌慌張張起身，也跟著說：

「那我也要養。我也一樣，媽媽說不行的話就拜託爸爸。」

「真的嗎？那就三個人一起養嘍。」

「嗯，對啊，三個人一起養。」

獲得麗子的認可，令惠滿心喜悅，內心湧現了勇氣。懷中的貓掙扎了一下，但沒有想逃的意思。忽然覺得這隻貓是屬於自己的東西。

「噯、我們來幫貓取名吧！」

在麗子的提議下，三人各自為貓想了名字。惠為自己手上的貓取名「白雪」。白得像雪，所以叫白雪。雖然一邊耳朵混了黑毛，還是很可愛。

白雪就由我來守護。這麼下定決心後，惠將小小的貓咪抱在胸口。

回到家，母親正好外出。心想就趁現在了，惠在玄關內側鋪上報紙，把白雪放上去。早一步放學回來的弟弟良仁站在樓梯口看得傻眼。

「姊，妳要養貓喔？」

「對啊，很可愛吧？她叫白雪。」

「可以嗎？會被媽媽罵吧？」

良仁擔心地說著，惠瞪了他一眼。

「囉唆，有什麼關係，我會照顧她的。小良你別碰她，這是我的貓。」

惠的語氣強硬，良仁開始哭哭啼啼。這小自己一歲的弟弟動不動就哭。

「小良真是的，動不動就這麼愛哭。好啦，你可以摸她。」

小良「嗯」了一聲，穿著襪子就走下玄關，蹲下來看貓。

「好小喔，姊，她好可愛喔。」

「是不是？」

惠和弟弟一起看著小小的白雪。白雪抬起頭，不停發出喵喵的叫聲，好像在訴說什麼。

外面傳來聲響，玄關的拉門打開。雙手提著超市購物袋的母親回來了。挺著大大肚子的她，行動相當不自如。再過兩個月，惠又要多一個弟弟了。

母親大喘一口氣，看見蹲在地上的惠和良仁，也看見了他們中間的貓，立刻臉色大變。

「等一下！那是什麼？」
母親的聲音實在太大又尖銳，惠頓時全身僵硬。儘管早已預料到會被罵，但白雪是這麼可愛，惠天真地認為，母親說不定也會微笑接受。
沒想到，母親表現出強烈的抗拒，連手中的袋子都沒放下就站在玄關怒吼：
「快還回去！快點！」
「媽媽，聽、聽我說，這孩子很可憐……」
「妳在說什麼啊！撿什麼貓回來，我們家又不能養！快點送回原本的地方！」
母親氣得橫眉豎目，大聲咆哮。惠沒寫功課或跟良仁吵鬧打架的時候，雖然每次也都會被罵，但還是第一次看到母親這麼生氣。
良仁哇哇大哭了起來，哭得整張臉扭曲。惠也很想哭，但還是忍住了。
「媽媽，聽我說，這孩子是麗子發現的，可是有三隻，麗子說只要拜託她媽媽，應該就可以養，叫我跟麻美也這樣做。」
「麗子要養跟妳有什麼關係！這貓是妳帶回來的，妳就自己還回去！」
母親說得很嚴厲，兀自走進屋內，看也不看全身發抖的惠一眼。忽然又回過頭，毫不留情地說：

「小良，你要哭到什麼時候！都快當哥哥的人了，別再這樣動不動就哭哭啼啼的！」

被母親大聲一罵，良仁哭得更凶了，聲音幾乎蓋過白雪喵喵叫的聲音。淚水從惠眼中滾落，滴滴答答地落在腳邊鋪的報紙上。即使如此，母親仍只是怒氣沖沖地皺眉。

「趁天黑前快把貓帶回原本的地方。」

說完，她就進去了。

連著報紙一起抱起白雪，惠慢吞吞地走向空地。

媽媽是惡魔，是惡魔老太婆。

滿心都是對母親的埋怨，眼淚停不下來。白雪伸出小小的爪子，牢牢抓住惠的衣服。這弱小的生物是這麼依賴著自己，母親卻要求丟掉她，真是太過分了。

抵達空地時，圍牆邊已經有人。是麻美，她蹲在紙箱前。

「麻美。」

轉過頭來的麻美，哭得整張臉都漲紅了。紙箱裡是原本她帶回去的那隻小貓。

惠在麻美身旁蹲下。

「麻美家也不行嗎？我家也是，不能養。」

「嗯。爸爸回家後臭罵了我一頓，要我馬上把貓丟掉。」

「我家也是，我媽是惡魔老太婆，我恨死她了。」

「嗯，我媽也是惡魔老太婆。可是，麗子媽媽是學校老師呢，一定不會把貓丟掉的吧。麗子為什麼不把三隻都帶回去養就好了呢，畢竟發現貓的人也是她。」

「對啊，妳說得沒錯。」

惠鬆了一口氣，麻美也在這裡，令她安心多了。

麻美用袖子擦眼淚，站起來。

「我得回家了，不練鋼琴的話，等會兒又要被媽媽罵。」

「我也要回家了。」

不想被一個人丟下，只好趕緊把白雪放進紙箱。白雪和另一隻貓拚了命地喵喵叫。

「對不起啊，再見了。」說完，麻美率先跑開。惠也急忙跟上去。紙箱和空地的蒲公英從視野裡消失。和麻美也馬上就分開，各自跑回自己的家了。

回到家，母親站在廚房裡，背對這邊，用冷靜的聲音說：

「貓放回哪裡去了？」

「轉角那個空地，有櫻花樹那邊。」

「這樣啊。妳還有功課吧，吃飯前要寫完喔。」

「好。」

惠快速逃進客廳。原以為回家還會繼續被罵，沒想到媽媽莫名冷靜，反而令人害怕。還是別再提任何關於白雪的事好了，這麼想著，惠很快地開始寫功課。

晚餐時，母親已恢復平常的模樣。惠紅蘿蔔剩著沒吃被罵，吃太慢也被罵，和良仁看電視時，為了搶遙控器吵架再次被罵。其實她心中還掛念著白雪，但明天學校有直笛發表會，現在滿腦子都是這件事。為了練習直笛，連想看的卡通也不能看，難過得一邊哭一邊練習吹直笛。

父親平常上的是夜班，除了假日之外很少看到他。晚餐和洗澡時都是母子三個人，只有睡覺時和良仁兩個人一起睡。一如往常的，惠在和室裡鋪了墊被，正準備睡覺時，好像聽見什麼聲音。

會是什麼呢？朝身邊看看，良仁已經熟睡到踢被了。心想也許是自己聽錯，打算再次入睡的惠，這次又清楚地聽見那聲音。玄關門關上的聲音。這棟老房子的玄關是拉門，開關時的聲音往往連二樓都聽得見。是誰進出了玄關門嗎？

會不會是父親呢？惠趴在窗邊往外看，可是暗得什麼都看不見。打了個寒顫，忽然想上廁所。揉著惺忪睡眼，惠往一樓走。

一樓還有些微弱的光線。一下樓就是小小的客廳，只見母親趴在茶几上，把臉埋在自己手臂裡。

「媽媽？」

惠喊了母親，似乎把她嚇了一跳，抬起頭來。昏暗中看不清楚，母親好像伸手抹掉了臉頰上的眼淚。

「什麼事？怎麼了？要去廁所嗎？」

「嗯……」

母親跟平常沒兩樣，但似乎又有哪裡不一樣。看上去有點落寞，聲音也有氣無力的。惠一陣忐忑，感覺母親好像要離開這裡似的，不由得害怕起來。

「媽媽，妳怎麼了？」

「什麼怎麼了？沒事啊。別說那些無聊的話了，快睡吧。要是良仁又踢了被，記得幫他蓋好喔。妳是姊姊，要有姊姊的樣子。」

這番話說得又快又不耐煩，完全恢復平時的母親了。惠鬆了一口氣，同時也火大起來。又來了，又說我無聊。不管自己說什麼，媽媽都用一句無聊帶過。

上完廁所，回到棉被裡。良仁踢了棉被露出肚子，惠也故意假裝沒看見。

媽媽最討厭了，根本不聽人家說話，動不動就罵人。

惠把棉被拉到頭上，緊閉上眼睛。

「那隻貓……後來怎麼樣了？」

青葉小心翼翼詢問的聲音，聽得惠一陣揪心。

外出籠中，小貓正在舔她自己的手。身體雖然還小，相比起來貓掌算很大，指頭也都分開了。不成比例的模樣令人心疼。

不知是否察覺籠外有人，小貓停止了動作，盯著外面看。那雙無邪的眼睛，說明了她還不知警戒為何物。

不可能是同一隻貓。撿回白雪，幾小時後又拋棄她，那是超過三十年前的事了。即使如此，怎麼看都一模一樣。如棉絮般的白毛，只有一邊耳朵混雜黑毛，灰青色的濕潤眼睛。

為什麼至今仍忘不了。

那時，自己究竟做了什麼。

做了多麼殘酷的事。

「……後來的事，其實媽媽不太記得了。不過，大概很快就忘了這件事，也沒再做什麼了吧。連和我一起撿到貓的朋友後來有沒有養貓都不記得。那隻貓……白雪怎麼樣了呢……我不知道。」

一邊喃喃低語，一邊回溯記憶。那之後，年幼的自己甚至沒想起過那隻貓。所以，一定也沒有回空地去看她吧。至少自己沒有這個印象了。

多麼無情、無知又不負責任啊。想起當時家裡的狀況，母親會生氣也是理所當然的吧。

如今，惠也終於明白了。明白那天晚上母親的行動意味著什麼。

母親一定是獨自出門去看了那隻貓。看那隻被惠丟掉的貓怎麼樣了。沒有辦法養，也無法救那隻貓。

可是，又無法不去看看。空地上的紙箱裡，貓不知道怎麼樣了。在「母親」這個身分之前，身為一個人，她一定無法視若無睹。

貓現在仍在喵喵地叫著。那時，白雪一定非常寂寞，又餓又冷。自己連這都不明白就擅自把她給帶回家。儘管沒有惡意，但實在太幼稚了。事到如今，惠才察覺小時候的自己有多愚昧。

原先默默聆聽的醫生，這時拿起了外出籠，轉向自己，打開籠門。

「這隻貓立即見效喔。」

說著，他抱出小貓，單手托著貓的肚子，另一隻手按住腿根。

「抱貓要這樣抱，貓的身體非常柔軟，請放心固定住她。來，試試看。」

「咦……」

醫生把貓交到困惑的惠手上。動作實在太一氣呵成，貓就像水一樣流到惠的胸口，並好好地待了下來。小小的，暖暖的。像這樣試著抱了，才發現這隻貓比當年的白雪體型大一倍。雖然還留有幼貓的稚氣，身體已經長得挺結實了。

不過，小貓很快就開始覺得不舒服，手舞足蹈地掙扎著想逃。

「討厭，怎麼辦？要掉下去了。」

「再抱牢一點就沒問題喔。」

「就算你這麼說我也……」

小貓抗拒想逃，白色的細毛與其說是棉絮，更像逗貓棒。

「媽媽，給我。」青葉伸出手，惠卻迅速閃躲。這隻貓掙扎成這樣，青葉怎麼可能抱得住。

「不行，妳抱會掉下去的。」

話雖如此，自己也抱不好，一陣手忙腳亂。小貓用爪子勾住惠的衣服，勉強扭動身體。

「啊！」

小貓從手裡掉落，幸好青葉巧妙接住。

「沒事！」青葉就這樣抱緊小貓。「哇，好蓬鬆，好小喔。不行，不要亂動。」

青葉用雙手包圍小貓的身體，將小貓固定在胸口。

「尼克醫生，這樣抱可以嗎？」

「沒問題喔，抱得很好。」

醫生微微一笑，青葉笑著望向隨時可能掉下去的小貓。

「好可愛喔，好像小嬰兒。太小了，好恐怖。」

即使如此，她抱貓的手仍沒有一絲遲疑，牢牢地將貓抱在胸前，像是絕對在說她不會放手。剛才還那麼焦慮的小貓，現在一臉不可思議地抬頭，伸出小小的舌頭舔青葉的手。

「哇，刺刺的耶。媽媽，貓的舌頭好奇怪。」

看到青葉轉頭對自己笑，惠有些吃驚。多久沒看見女兒露出這樣的表情了？

不只笑容，她抱緊小貓的模樣也很可靠。是自己擅自認定她做不好，其實青葉比自己還會抱貓。

小貓好像也明白這點，乖乖待在青葉手上。過去惠只因青葉是個孩子就否定她的一切，現在小貓選擇依賴的卻是青葉而不是惠。

「媽媽，說不定這隻貓是白雪的孩子耶。因為她們長得一模一樣，不是嗎？」

青葉用鼻子磨蹭小貓的鼻子，做出天真的發言。

哪可能有這種事，別說那種無聊的話了。

要是平常的惠，應該會這麼說吧。青葉還小，無法想像被丟下的白雪可能面臨的結局。無論發生何種奇蹟，眼前這隻小貓都不可能和白雪有關係。

要是回到空地紙箱內的白雪能被別人撿走，那就真的是奇蹟了。可是，世界上哪可能有這麼好的事。

這種事，肯定沒有發生。

「……對啊，說不定是喔。」

惠吞下眼淚，平靜地說。就像當年母親藏起淚水，獨自吞下難受的心情一樣。

青葉眼神一亮，露出開心的表情。

「一定是的啦！噯，尼克醫生，這孩子是白雪的小孩吧？」

「這我就不知道嘍。」醫生用裝傻的語氣回答。「貓是一種不會考慮別人心情，本身又很脆弱的動物。雖然他們的壽命和人類比起來短很多，但是增增減減，再次回來說不定也是有可能的喔。」

「這是什麼意思？」

青葉歪了歪頭，醫生淡淡一笑。

「什麼意思啊，妳說呢？那麼，您還好嗎？這位媽媽。有沒有頭暈或想吐？」

「咦？啊、嗯。」

惠感到訝異，這醫生真怪。就只是笑咪咪的站在那裡，什麼都沒做。

「這樣啊，那就太好了。看來這隻貓真的很有效呢。大部分的煩惱都能靠貓治癒。不過，想拿到處方貓，首先必須來到這間醫院，自己推開大門才行。像妳這樣就算覺得有點重，仍然不嫌麻煩推門進來的人倒還好。否則，不管我們怎麼等都等不到了。」

「喔……」

果然還是聽不懂他在說什麼。醫生看著青葉。

「妳的煩惱是不知道該加入哪個派系是嗎？」

「對，沒錯！」

青葉小心翼翼地抱著小貓，中氣十足地回答。醫生頻頻點頭。

「答案很簡單喔，只要加入首領比較強的那個派系就行了。強的首領臉也比較大，妳只要跟著臉大下顎寬的首領就對了。」

「下顎？」青葉疑惑地皺起眉頭。「下顎？」

「對，相對來說，就是眼睛鼻子嘴巴集中在臉的中央。妳們班上的派系，哪個首領的臉比較大？」

「噗……我想想喔，應該是莉奈的臉比較大。」

「既然如此，妳就加入莉奈的派系。好嘍，我看也沒有產生副作用，妳們可以回去了。貓就放回籠子吧。」

醫生伸出手，青葉不情願地把貓交給他。

「尼克醫生，這隻貓是你的嗎？」
「不是，這孩子是別人家養的貓生下的小貓之一。因為生了很多隻，正在找人認養。大概已經上網徵求了吧，畢竟是小貓，應該很快就會有人認養。」
醫生把貓放入籠子，貓發出喵嗚喵嗚的叫聲。
「那麼，請多保重。」一說完，醫生咧嘴一笑。淡淡的笑容。
這樣就結束了吧。惠忽然感到很失落，彷彿胸口開了一個洞。不知是否也有相同的感受，青葉抬起頭說：
「媽媽，我們不能養這隻貓嗎？」
聽到青葉的央求，惠一時之間為之語塞。養這麼小的貓是多麼不容易的事，年幼的自己不懂，現在的惠當然已經明白。當年母親的判斷或許是正確的吧，還是個小學生的自己哪有辦法照顧貓。
即使如此，內心突然冒出一個感覺。如果沒能好好聽女兒說話，不試圖去理解她的想法，忙碌的日子可能就這麼過去了。可是，當年自己做不到的事，不能擅自認定青葉也做不到。

惠問醫生：

「醫生，這隻貓需要什麼程度的照顧呢？她能自己吃飯嗎？還是必須二十四小時都有人陪？」

「這個嘛，因為這孩子已經兩個半月大了，雖然能吃一點固體食物，還處於從副食品更換到普通飼料的過渡期，放著她不管是不行的喔。一天吃三餐，每餐都得盯著她吃才可以。別看她現在一副乖巧的樣子，動起來也是很活潑的，照顧起來有點麻煩喔。不過，沒有哪隻貓照顧起來不麻煩的啦。」

「三次……」

中午有可能從打工地方回家餵貓嗎？早上忙起來的時候顧得了她嗎？晚上還有太多家務等著完成時，有時間陪貓嗎？

不管怎麼想都得不出答案。養貓需要各種知識及做好各種準備，不是一件簡單的事。惠陷入思考，青葉握住她的手。

「媽媽，我會努力照顧她的。一放學就馬上回家，早上也會早點起來。貓有我看著，我會照顧她的。」

青葉認真地訴說。可是，不管她有多認真，那都是不可能辦到的事。

「還是不要比較好喔，麻煩的會是媽媽妳。」

醫生淺笑著說。他說得沒錯，惠低下頭，咬住嘴唇。

白雪，抱歉哪。

那時拋棄了妳，抱歉哪。真的非常抱歉。

「——請讓我們認養這隻貓。我們會全力以赴地飼養，會好好珍惜她的。」

「說是這麼說……」

「拜託您了，我會負起照顧責任的。」

惠深深低下頭。醫生平靜地說：

「人們常說貓的性格捉摸不定，其實人類才真的是捉摸不定呢。」

不知道此時醫生臉上的表情，然而他的聲音聽起來有種看透一切的感覺。

青葉站起來，走到惠的身邊。

「尼克醫生，照顧這隻貓的不是媽媽，是我。我會好好照顧她，拜託您了。」

說完，青葉和惠一樣低下頭。於是，醫生乾脆地表示：

「這樣嗎？既然如此，請到櫃檯聽護理師講解注意事項。還有，如果無論如何都沒辦法了，請一定要再回來這裡。」

醫生把臉湊向外出籠，趴著的貓抬起鼻尖。他們凝視著彼此。

「妳就去吧，沒問題的，有可以好好回去的地方。」

貓和人類似乎真的可以互相溝通。醫生說聲「來」，就把外出籠交給了青葉。青葉伸出雙手，慎重地接過。

走出診間，小窗口中的護理師叫兩人過去，態度依然冷淡，和一開始給人的印象相同。從她手中接過紙袋，惠看了看裡面。

「這是……？」

「這隻貓要用的東西。因為只放了最低限度所需的物品，其他的請自己去買齊。你們家附近有醫院嗎？最好先找到深夜也有看診的獸醫院。」

「啊，沒記錯的話，須田動物醫院接受急診。您知道那裡嗎？我們來這裡之前，還不小心搞錯了，跑到那間醫院去……」

「喔……」護理師低垂視線。「知道啊，是心醫生的醫院嘛，我和尼克醫生都受過心醫生許多照顧。下次見到心醫生的話，請幫我轉達問候，就說千歲向他問好。那就這樣，請多保重。」

雖然態度還是一樣冷淡，語氣裡似乎多了一絲憂鬱。惠也沒有多說什麼。關於養貓必備的知識，還是去問專家比較好。明天就去一趟須田動物醫院吧。

走出醫院，冰冷又昏暗的走廊和來的時候一樣安靜。雙手抱著外出籠的青葉說：

「媽媽，我想起來了，那個女人的事。」

「咦？」

「在和紗學跳舞的地方看到的。她不是有跳那個叫什麼……日本舞？上次我去她們的舞蹈教室玩，在那裡看過那個人。雖然那時她頭髮梳得像舞妓一樣，還穿著浴衣，但就是那個姐姐沒錯，長得一模一樣。」

「欸……」惠苦笑起來，差點又跟平常一樣脫口而出「別說那種無聊的話」。「舞妓應該不能當護理師吧，妳是不是認錯人了？」

「嗯——是嗎？可是真的很像耶，會是不同人嗎？」

青葉困惑地歪著頭。這時，迎面走來一個男人。男人穿著浮誇的襯衫，看上去有點凶狠。

惠背過臉，想說別盯著對方看比較好。可是，男人擦身而過時，明顯盯著這邊看。要是被纏上就麻煩了，正想催青葉快點往前走時，對方已經開了口。

「妳們是想租那間空房嗎？」

男人皺著眉頭，一臉訝異。態度雖然不客氣，仍聽得出語氣裡的擔憂。惠感到疑惑，他所謂的「空房」，指的是自己剛走出的診所嗎？

「不、不是的，這裡也不是空房，是身心科診所。」

「那裡已經空著好幾年嘍，畢竟這房子有點內情，想出租也沒辦法馬上找到租客。」

「媽媽，什麼是內情？」

青葉天真地問。男人露出不懷好意的笑容說：

「小妹妹，妳知道什麼叫『凶宅』嗎？之前那間房子發生過恐怖的事，有鬼魂出沒喔。」

「欸！鬼魂？」

「對啊，有時聽得到聲音，有時好像還看得到形影呢。所以，如果妳們想租那間房子的話，別說我沒先事先提醒，我可是有先忠告了喔。」

說完，男人便走進了隔壁。惠伸長脖子，看見那扇門上掛有「日本健康第一安全協會」的招牌。感覺很可疑，忍不住臉頰抽動。

「媽媽，他說有鬼……」

青葉這麼說著，一臉不安，惠倒是笑了出來。

「他是開玩笑的啦，真是個奇怪的大叔。好了，我們回家吧。妳哥說不定已經到家了，今天還得餵貓吃飯呢。」

「嗯！」青葉的表情瞬間開朗起來。目光落在小心翼翼抱著的外出籠上。「這孩子既然是白雪的孩子，可以叫她小雪嗎？」

惠默默點頭。接下來的日子想必不會輕鬆。內心湧現一絲不安與恐懼，即使如此，還是想和女兒一起努力克服。

「對了青葉，派系和校園階級的事，再跟媽媽說一次。」

「欸——」青葉皺起眉頭。「都說過好幾次了。」
「或許是說過了沒錯，就再說一次嘛。這次我會好好聽的。」
「真拿妳沒辦法。」青葉故作成熟地嘆氣。然後，用試探的眼神瞄了惠一眼。
「那媽媽也要告訴我媽媽朋友的事。」
「咦？」
「因為媽媽每次去跟媽媽朋友見面的時候，表情都很不開心，妳根本不想去吧。」
女兒說得一針見血，惠有些慌張。
「妳、妳在說什麼啊。沒有那回事啦。」
「哎、沒辦法。班上的派系和媽媽朋友一樣，都要維持表面的交情啊。對吧？小雪。當人類可是很辛苦的喔。」
青葉對外出籠裡的小雪這麼說完，率先往前邁步。
惠驚訝得說不出話。那小心翼翼提著外出籠往前走的背影明明還這麼小，女孩這種生物，真的是一轉眼就成長了呢。

「媽媽，走快點！」

青葉站在宛如大樓縫隙的窄巷前方等待。還有些無奈的惠快步走向女兒和家庭新成員。

「日本健康第一安全協會」是一間公司，社長兼唯一員工的椎名彬正在爬樓梯，目標是上五樓。他的腳步輕快，一點也沒氣喘。

不管怎麼說，自己都是提倡健康第一的公司社長。為了展現公司販售的「重返青春磁力項鍊」效果，運動是每天不可或缺的事。

以將近四十歲的人來說，他的皮膚充滿光澤，身體也很緊實。磁力項鍊銷售量很好，差不多該搬出這棟老舊的大樓，把事業做大一點了。現在這棟「中京大樓」雖然取了個好像很厲害的名字，其實因為地理條件的關係採光很差，而且都什麼時代了，居然沒有電梯。

不只如此，隔壁那間空房還有些內情。椎名兩年前搬進來時，那間就是空的了。第一次踏入五樓入口時，還曾忽然聞到一股討人厭的味道。後來隔壁一直沒有租出去，椎名認為那裡一定有鬼。

不時有人進出、聽過聲響或感覺到裡面有人的氣息，實際上也有幾次見到人站在門口。那些人看上去不像不動產的人，也不像來找出租辦公室的。

「真是間詭異的房子」。一邊爬樓梯，椎名一邊這麼嘀咕。上次那對母女還說裡面是什麼診所。當自己多管閒事上前給予忠告時，看似小學生的女兒手裡提著一個外出籠，椎名瞥見裡面有白色的小貓。

聽不動產的人說起那間房子的事時，椎名起了一身雞皮疙瘩。該不會再發生一樣的事吧。

要是那樣的話，真的不能繼續租隔壁這間了。儘管椎名沒有特別喜歡動物，惡劣業者的行為還是令他想吐。

爬上了五樓，踏出走廊。自己的辦公室在走廊盡頭，旁邊就是那間有內情的房間。這時，有個女人站在那扇門前。

是個很美的女人。

打開自己辦公室的門時，眼角瞥見那個女人。夢幻的氣質很對椎名胃口。只見女人一臉憂鬱地站在門口，視線低垂。

椎名進入辦公室，關上門的前一刻，聽見女人的聲音。

「回來啊，回來啊，小千。」

微弱的聲音裡夾雜著哭腔。關上門後，椎名嚇得肩膀都在發抖。

「好恐怖……」

隔壁真的有不可告人的內情。說不定很快就會蔓延到這邊來，椎名認真思考起搬家的事。

第四回

「我沒法再跟著妳做事了。」

女助理這麼說，眼泛淚光。

又來了。高峰朋香皺起眉頭。其實不想跟這種感情用事的人講話，不但浪費時間，也壓根沒打算安撫對方。

一樓寬敞的店面裡，擺的都是朋香設計的女用包包。二樓是辦公室和製作這些包包的工作室。朋香自認付給助理的薪水對得起她的工作量和尊嚴，助理的不滿只不過是耍任性。

「我也做不下去了。」

另一個負責行政事務的女員工也這麼說。

兩人都還不滿二十五歲，學過一定程度的設計，當初為了在這裡工作，專程自己來應徵的。沒想到，只不過要求嚴格一點就抗議。真教人受不了。

話雖如此，一次被兩個員工背叛，明天開始工作怕會出問題。除了量產商品，公司也接受特別訂製，一口氣少了兩個人手，萬一趕不上交件日期就糟了。

朋香嘆口氣，打算用道理反駁，說服她們留下。沒想到自己還沒說話，平時協助朋香設計的助理小組長就先開了口：

「我也不行了。」

「咦？」出乎意料的第三人，讓朋香大吃一驚。「妳冷靜點，為何這麼突然？」

「一點也不突然。我受夠朋香姐的完美主義了，請讓我今天就離職。」

「今天？哪有人說辭就辭的？」

「小組長要辭的話，我也不幹了。」

「既然如此，也請容我辭職。」

第一個抗議的助理和事務員紛紛跟進。來不及阻止，三人已離開了公司。

剩下自己一個人後，朋香陷入茫然。外面天色全黑，室內燈火通明，玻璃落地窗上倒映出自己的全身。

聽見「唉——」的聲音，合夥人純子走了進來。「一下走掉三個人很吃力耶，怎麼辦？還是妳退讓一下，請她們回來？」

純子這麼提議，聽得朋香很不高興。

「我才不要退讓，那幾個女生做事太隨便了。」

「話是這麼說，朋香的完美主義也沒幾個人辦得到吧？」
和純子相識於大學時代，彼此的目標都是成為設計師。後來純子雖在設計這條路上受挫，但多虧她發揮了優秀的財務及管理能力，兩人一起開了這間公司。二十九歲在京都開了這間店，算算已經要三年了。
這裡只離下京區主幹道的四條通一個街區，但店鋪和大樓規模都縮小了些。朋香的包包店開在堺町通上，附近有聚集眾多年輕人喜愛店鋪的新京極，再過去一點有老牌百貨大丸京都店。不少來附近散步購物的人也會走來這間原創品牌包包店逛逛，幾年下來多了不少回頭客，甚至有專程遠道而來的客人。
自己之所以工作到深夜，這麼努力地製作包包，都是為了回應這些客人。和完美主義一點關係都沒有。
「我沒有追求完美啊，只是想把該做的事做好而已。我的要求也都在常識範圍內吧？講究原料和製作程序有什麼錯？壓低成本，在短時間內買齊原料不是她們分內的工作嗎？這點程度的事誰都……」
不高興地反駁純子，說到一半胃就痛起來。看到朋香壓著肚子彎腰的模樣，純子說：

「妳看，現在不就因為妳所謂『該做的事』，把自己搞得這麼痛苦嗎？最近老是沒把力氣用在正確的地方，是不是該放輕鬆一點？」

「什麼放輕鬆……要怎麼放？這麼小的店，要是我一休息就會垮了吧？」

「不是叫妳休息，要不要找人聊聊？既然身體都發出警訊了，總該想個辦法處理比較好。上次那個訂了同款不同色包包的俱樂部媽媽桑說，她朋友的美甲師的客人知道一個很有意思的醫生，朋香不如也去找那醫生聊聊，或許能轉換心情喔。」

「什麼嘛，那種從朋友的朋友的朋友口中聽來的小道消息。妳所謂醫生是心理醫生？」

「對，我記得診所離我們店不遠喔。光是能找人說說話，心情應該就會輕鬆許多。」

純子的話像是在指責自己神經質，朋香聽了不是很愉快。但是，實際上已經到引起胃痛的程度，現在更一口氣少了三個員工。負責招募人手的是純子，考慮到自己造成的麻煩，確實不能忽略她的意見。

「我知道了啦。」朋香自暴自棄地說。「那間醫院在哪？」

「這就是我今天來的原因。」

說完，朋香抬起頭。剛才之所以低頭，不是因為看身心科令她緊張，而是因為憤怒。

小小的診間裡，醫生坐在伸手就能碰到的近距離位置，身體晃來晃去，還不停地打嗝。

「嗝！這樣啊！嗝！原來是……嗝！這樣啊。」

醫生眼睛濕濕的，嘴角上揚，表情嘻皮笑臉。這人真的是大受好評的心理醫生嗎？看起來顯然喝醉了吧。

「醫生，請問你是喝酒了嗎？你喝醉了吧？」

「不不不不。」醫生笑嘻嘻地說。「不是喝酒，是茶啦。木天蓼茶。雖然只喝了一點，但是滿濃的……呃、話說妳叫什麼來著？」

「敝姓高峰。我剛說的話，你沒聽見嗎？」

「喔，當然有聽見啊。高峰小姐，不嫌棄的話，要不要也來點木天蓼茶？」

「不必了。我不會攝取來路不明的東西。」

「別這麼說嘛，很好喝的喔。喝了會覺得心情很好，千歲小姐，請把茶拿過來。」

醫生對著簾子那頭喊，過了一會兒，護理師走進來。她把茶杯放在桌上，但裡面沒有東西。朋香忍不住變了臉色。也不是想喝，就覺得莫名其妙。

「請問……那茶呢？」

「哎呀，不好意思。因為看起來太美味，我就喝掉了。啊哈哈哈。」

護理師高聲笑著，又跑進簾子後方去了。

這間醫院到底搞什麼，在跟我開玩笑嗎？

朋香一陣傻眼。這時，那個醫生好像稍微恢復了正常，微笑著說：

「哎呀哎呀，失禮了。您是高峰小姐對吧？呃，今天來是有什麼問題嗎？」

這個醫生果然沒在聽人說話。朋香感到不耐煩，只是既然都來了，總該讓他完成最低限度的工作。於是，板起一張臉回答：

「剛不是說了嗎？我想知道要怎樣才能對敷衍了事的人寬容以對。面對做事潦草隨便的人，我不想再動不動就生氣了。比方說不好好聽患者說話的醫生……喔，我不是指醫生你喔。只是想問，要怎麼讓自己不去在意那樣的人呢？雖然我也知道，只要我自己把該做的事做好就夠了。」

「您說這話還真奇怪呢。」

醫生抬起頭，笑得很諷刺，朋香感到火大。

「什麼意思？」

「因為，妳完全沒有做好該做的事啊。真要說的話，反而是妳沒有做好該做的事呢，啊哈哈哈。」

朋香愣住了。

人生至今只受過相反的評價，從來沒有人說過自己「沒做好該做的事」。驚訝得說不出話來時，醫生又輕描淡寫地說：

「嗯……這樣吧，今天就下個猛藥，開一隻比較厲害的貓給妳。一次開兩星期，請服用。千歲小姐，帶貓過來。」

醫生朝簾子後方喊話，但是沒有人回應。

「千歲小姐？」

「來了來了。」這麼說著，剛才的護理師走了進來。在櫃檯看到她時臉很臭，現在卻笑咪咪的，邊走邊搖晃手上提的外出籠。

「貓是嗎？又要貓嗎？」

「千歲小姐，妳到底喝了多少木天蓼茶？」

「啊哈哈哈，喝了多少？誰知道呢。要貓是吧，貓多的是喔。不管哪裡都有很多喔。真的一下就被遺忘了呢，啊哈哈哈。」

護理師高聲大笑，放下外出籠就又出去了。

「傷腦筋，不好意思呢。因為預約的病患一直沒出現，想說喝一杯就好……沒想到又像這樣有初診病患上門。人類這種生物啊，就是會煩惱一些沒意義的事。」

「沒意義？」朋香瞪大雙眼。「醫生，你剛才說『沒意義』？」

「沒有沒有，我沒說啦。哎呀真的不行，暫時要禁止喝木天蓼茶了。請等一下喔，我來準備配給物品。」

說完，醫生也走了出去。被一個人留在診間的朋香，一頭霧水地窺看桌上的外出籠。不看還好，一看又倒抽了一口氣。裡面竟然有隻貓。

水藍色的眼珠澄澈得像寶石，一身纖細的白毛，只有耳朵和眼中周圍是茶色。多麼優雅，多麼可愛的貓啊。那隻貓視線直盯著朋香。

「哇……」

下意識發出讚嘆，因為實在太可愛了。這時，貓把前腳放在外出籠的門前。肉球。

白色圓圓的手掌上，有著四個紅豆大小的粉紅肉球，正中間的形狀像一座小富士山。明明全身都蓬鬆鬆的，唯獨手掌肉很結實。

貓睜著那雙藍色的眼睛，手開始揮了起來，像是在要求「放我出去」。朋香朝外出籠伸手，差點把門打開時，醫生回來了。

「咦？怎麼了嗎？」

「沒、沒有，我什麼都沒……我才沒有擅自摸貓呢。因為我不會做不該做的事。對了，你剛說這隻貓怎樣？難道是要讓貓來療癒我嗎？」

「讓貓來療癒？哪可能有這種事。貓什麼都不做喔，就只是待在那裡，做自己喜歡的事而已。不過，不是有句話說『貓乃萬病之源』嗎？咦？不對，是『貓為百藥之首』啦。」

醫生歪了歪頭。朋香心想，「萬病之源」跟「百藥之首」意思完全相反欸？

「不行不行，我是不是又喝醉了啊。總之，大部分的問題都能靠貓治好。呃，這裡面有配給品和說明書，請回家仔細閱讀。這隻貓從一開始就很有效，請不要因為驚訝就停止服用喔。會慢慢習慣的……高峰小姐，妳有在聽嗎？」

醫生這麼問，朋香才赫然回神。整個人差點要被那雙藍色貓眼吸進去了。

「我、我有在聽啊，當然。我向來都有好好聽人說話的。總之，養這隻貓兩星期就好了對吧？」

「對，請服用，請保重。」

醫生微微一笑。

拿著醫生給的紙袋，提著外出籠走出診間。護理師在櫃檯裡張著嘴巴睡著了。

怎麼這麼隨便啊。和身為一個設計師，非常講究外表與態度的自己完全不同。

朝紙袋裡一看，裡面有廉價的碗和沒聽過牌子的貓食。
朋香讀了說明書。
「名稱：坦克。公貓。兩歲。美國短毛貓。食物：早上和晚上適量餵食。水：隨時。排泄處理：適當時機。此貓個性活潑，請確保他在室內有充足的活動空間。危險物品請收走。一天最少要讓貓有三十分鐘運動時間。無法做到的話，請在家中設置一隻貓也能自行玩耍的玩具等。以上。」
朋香皺起眉頭。籠子裡的貓有一身蓬鬆的毛，雖然自己對貓只有一般程度的知識，但這貓怎麼看都不是美國短毛貓。說明書上寫的種類顯然錯了。
「怎麼這麼隨便啊。」
氣得瞪了護理師一眼。這包飼料和這份說明書都不可靠，得自己回去仔細調查照顧貓的方式才行。
貓抓了抓籠門，肉球若隱若現。
「啊……」朋香忍不住嘆氣，急忙回家。

十天後。

在店鋪二樓的工作室，朋香、純子及在純子拜託下回來工作的助理小組長美月，三人正在討論新商品的事，針對桌上好幾張不同款式與價錢的包包設計圖交換意見。

拿著自己設計的真皮斜背包設計圖，朋香喃喃低語：

「妳們覺得加上貓的圖案怎麼樣？」

聽到朋香的自言自語，純子與美月面面相覷。純子疑惑地問：

「貓？」

「對，貓。」

「這點子不是不好，但是和這次新商品的概念不合吧？這次的主題不是『職場女性的日常』嗎？」

純子訝異地說。

她說得沒錯。朋香拿起桌上的設計圖一張一張比較。這次使用了輕軟的皮革，做成能放入Ａ４文件的包款。加入流蘇吊飾強調女人味，除了幾個招牌色系外，另外推出限量的鮭魚粉色，打造出上班與休閒都適用的包款。

一旦加入貓咪圖案，設計概念會一口氣變得太過休閒。就算純子不說，朋香自己也很清楚。

「對啊，原本想做的不就是臨時需要洽公時也能使用，夠正式也夠大的包包嗎？職場上的女性要帶的東西很多，需要大容量的包包，同時又想滿足她們追求時尚的心情……」

「嗯，不錯呢。不然，就從這些設計圖裡……」

「在上面加入貓咪圖案如何？」

朋香說得很認真，純子歪了歪頭。

「不、妳剛才也說了一樣的話耶。怎麼，無論如何都想加上貓的元素嗎？」

這時，美月直率地說：

「可是朋香姐，不管是印上去還是烙上去的圖案，都會讓這個包包很難帶到職場上使用吧？更別說是貓咪圖案，我覺得好像太可愛了點。」

貓太可愛了。說得沒錯，朋香痛苦地緊抿雙唇。

「的確是太可愛了，就是因為太可愛我才……不然，把色系改成黑白？」

「不行啦。」

「不行的。」

被純子和美月同時反駁，朋香垮下臉來。

「什麼嘛，也不用兩個人都這樣吐槽我啊。知道了啦，這次就照原本的設計，做出適合職場女性日常使用的包款。」

沒錯，就算她們不說朋香自己也明白。至少，這次的新商品並不適合加入貓的元素。話雖如此，她的心早已飛到那邊去了，拿著觸控筆在平板電腦中畫出貓耳和肉球。

再者，以前沒有注意，現在才發現到處都是貓。電視廣告、網路上、以貓為主題的商品……這個世界上充滿了貓。至今朋香都沒發現這件事，現在卻滿腦子都是貓，昨天甚至把勾在辦公室盆栽旁的白色塑膠袋誤認成白貓。

純子似乎也察覺到朋香最近的變化，昨天朋香笑容滿面朝白色塑膠袋跑過去的那一幕，她都看在眼裡了。趁美月下樓接待客人時，純子一臉擔心地問：

「我說朋香，上次建議妳去看的醫院，妳去過了嗎？」

「去過了啊，那間醫院超奇怪的。醫生和護理師都喝得醉醺醺，還開了處方貓給我。」

「喝醉？處方貓？」

「現在回想起來，那或許是一場演出。為了用來攪亂病患的既定思考與生活。不過，我沒事，沒受到任何影響。」

說是這麼說，這十天來，朋香每天店面打烊後，馬上就把手頭工作完成，直奔回家。今天也迅速完成收拾工作，用最快速度回到住的公寓。

打開門，脫下高跟鞋，衝進房間。

「小坦！我回來了！」

貓輕聲喵喵叫。有著一身美麗白色長毛的坦克，踩著優雅的腳步上前。焦茶色的尾巴就像毛茸茸的皮草圍巾。看到他的那一瞬間，朋香就忍不住笑了。今天一整天都在想坦克。躺在地上睡覺的坦克、吃飼料的坦克、伸長身體，用手去抓玩具的坦克。

「小坦，媽咪回來嘍。」朋香張開雙手。不料，一個嚴厲的聲音制止了她。

「小朋，不先去洗手不行喔。」

穿著圍裙的大悟從廚房裡探出頭來。

朋香這才回神。

「大悟，你今天在家啊。」

「是啊。喂，不行那樣，在摸坦克之前得先洗手。」

「哼。」朋香鼓著腮幫走向洗手台洗手。平常就算大悟不說，她也一定會好好洗手。今天只是剛好忘記而已，都怪坦克太可愛。

「小坦，過來，來媽媽這邊。」

連衣服都沒換就趴在地毯上。像跟隨著某種節奏，坦克踩著輕快的腳步靠近。放低視線望出去的坦克更可愛了。朋香故意靜止不動，坦克就從她的腳底慢慢聞到頭上，身體湊上來磨蹭，把朋香蹭得全身都是貓毛。

「小坦……手手給媽媽看。」

朋香抓起坦克白色的手。正面鼓鼓的像握拳，翻過來有粉紅色的肉球。朋香用手指輕輕撫摸。

多麼不可思議的觸感。像是柔軟又有彈力的矽膠。不、更像軟糖。摸起來好舒服。

朋香閉起眼睛，陶醉其中。

「小朋，晚餐煮好嘍。」

「嗯……」即使大悟這麼喊，朋香也無法放手。因為坦克的肉球摸起來實在太舒服了。坦克表情不變，但突然把手抽回去，轉過身用屁股對著朋香，優雅地走掉了。

「等等，小坦。讓媽媽聞手手的味道。」

「別說傻話了，快來吃飯。」

大悟一副傻眼的樣子。見坦克縮進用紙箱和T恤做的貓窩裡，朋香才心不甘情不願地到餐桌邊坐下。大悟已經開始吃了。

「妳別太愛坦克了，再過幾天就要還人家不是嗎？」

「不用你講我也知道啊，我都有好好在思考好嗎。」

被大悟一針見血地指出逃避思考的問題，朋香生起悶氣。露出不服氣的表情心想，大悟才是該好好思考的人吧。

和大悟交往已經五年了。朋香剛畢業，還是個領薪水的設計師時，在大悟當廚師的小餐館和他攀談，後來就這樣交往了。兩人都夢想擁有自己的店，幾年後朋香已實現夢想。大悟卻是輾轉換了幾間店工作，現在是連鎖居酒屋的廚師。他總是傍晚出門，深夜才回家，過著晝夜顛倒的生活。

為了維繫情感，兩人現在住在一起。大悟很體貼，擅長做家事和煮飯。和他在一起很輕鬆，現在這樣就夠了——這只是朋香對周遭的表面說詞。

「我說，大悟啊。」

「什麼事？」

「上次那件事，你決定怎麼樣？就是去我爸媽家的事。他們一直追問什麼時候要去。當然，只是見個面，沒有其他意思喔，別想太多。你只要帶著輕鬆的心情去就可以了。」

「好啊。」大悟一邊吃飯，一邊隨口回答。朋香驚訝地睜大眼睛。

「真的嗎？什麼時候？什麼時候能去？」
「什麼時候都行啊，我辭職了，現在很閒。」
「是喔，你很閒啊，這樣啊……很閒啊，是喔……」
又辭職了。
朋香喝著湯頭濃郁的味噌湯，白蘿蔔燉得柔軟入味。不愧是廚師，大悟煮的飯菜總是很美味。可是，已經年過三十五歲的他，是個毫無計劃性的人，個性又太樂天。光是認識大悟到現在，他換工作的次數用一隻手都數不完。居酒屋這份工作明明也沒做多久，竟然又辭職了。
他沒工作這件事，讓朋香愈來愈介意。剛交往時才二十幾歲，朋香那時都埋頭於自己的工作，對大悟的悠哉還能以樂觀態度看待。
可是，不知不覺自己都三十二歲了。
老實說，朋香希望大悟能認真思考將來。差不多該找個穩定工作了，不然不管再過多久，兩人都結不了婚。
「抱歉。」大悟躲在碗後面偷看朋香。「我馬上就去找工作。如果朋香不介意我現在是個無業遊民，也可以馬上去見妳爸媽喔。」
「啊、不……找工作也是很忙的吧，等工作定下來再說吧。」
「抱歉喔。」
「沒關係啦。」
朋香笑了。看到一臉抱歉的他，怒氣瞬間消失。沒錯，只要自己好好把該做的事做好就行。做個更可靠的人，好好過日子吧。這麼告訴自己，試圖重新振作精神。
「那大悟暫時都會在家嘍，真好，可以跟小坦玩。」
「可是這傢伙白天都在睡覺啊。布偶貓個性溫順，真的就像個布偶一樣。」
大悟轉過頭，視線前方是蜷縮在紙箱裡的坦克。坦克也正朝餐桌的方向看。就算只是個紙箱，被坦克一躺，看上去就像高級名牌沙發。
那個醫生給的說明書內容錯誤百出，真的是太隨便了。
坦克外表一看就不是美國短毛貓。他有一身蓬鬆柔軟的長毛與一對藍眼睛。雖然也有其他種類的貓和他外表相似，朋香和大悟比對各種照片後，認為白毛中混了茶色的坦克應該是純種布偶貓。不只如此，坦克比照片裡的任何一隻布偶貓還美。

個性穩重，既不會亂竄也不見他跳到高處。頂多就是伸手抓抓玩具而已。

「坦克真的好乖。那張說明書還把他寫得一副活潑好動的樣子。」

「真的呢，像小坦這麼優雅、聰明又漂亮的貓，就算繼續養下去也沒關係。」

朋香著迷地望著坦克。

耳邊邊緣是深茶色，接著就是瀑布般的茶色漸層。鼻梁雪白，藍眼睛的周圍也有一圈淡茶色。長了鬍子的圓嘟嘟嘴巴是白的，就像黏上了一顆棉花糖。

沒錯，這隻貓就像放在可可上的棉花糖。

好甜好甜，光看就為之融化。

「啊啊……」

「小朋，妳又發出奇怪聲音了。」

大悟笑著說。他現在雖然沒有工作，但可不是軟飯男。只要自己好好工作，生活完全過得去，一點問題都沒有。即使家裡多了隻貓，還是一樣乾淨整潔，自己的外表也打理得很好。完美。

可是，那個醫生卻說那種話？說我完全沒有做好該做的事？

我有做好，至今一直都有，今後也是。

隔天，預約的客人來店。可是，她比約好的時間早了三十分鐘，還沒做好準備的朋香和純子一陣手忙腳亂。

這位客人是在祇園經營服飾包包選品店的五十多歲女性。她很中意朋香設計的包包，之前也曾一次訂很多個。不能讓客人空等，只能立刻請她到二樓辦公室。桌上散亂著設計草圖和樣布，純子趕緊整理。

「喔，就這樣放著沒關係啊。妳們還真忙呢，生意興隆是好事啦。」

京都人特有的客氣語氣，要是老實接受可是會踢到鐵板的。自古以來，京都人就是笑咪咪地挖苦人。客人這番話是在暗示兩人待客無方，連準備都做不好。

「不好意思，梢小姐。我剛才一直在畫適合梢小姐的設計圖，一不小心就忘了時間。」

「哎呀，是這樣啊。」梢從桌上拿起一張設計圖。「唷，這張挺可愛的。沒想到高峰小姐妳也會做這種風格？」

那是朋香發呆時隨手畫下的坦克。刻意不畫得太甜美，以簡潔的線條勾勒出特徵。自從帶坦克回家，自然而然畫起了貓的插畫，不知不覺中，素描簿裡都是貓了。

「啊、那是……」

「不，這真的很可愛呢。之前不是請妳製作幾個不同大小的包嗎？能不能把這貓咪的圖案運用在裡面？不要太孩子氣，也不能太廉價感喔。」

「這樣的話，把圖案以壓箔方式壓在真皮上做成吊飾，您覺得如何？或是另外做個可以拿出來的化妝包？拉鍊扣環等採用霧面金屬，營造一點復古老件的風味。」

「哎呀，聽起來不錯嘛。祇園的媽媽桑喜歡貓的人很多，她們一定懂得欣賞。對了，我認識一個愛貓的人，她上次說過朋香的包包很好看。下次我帶她來好嗎？」

「當然好啊。」

這時正好純子拿了包包的打樣過來。梢翻來覆去地看，心情似乎很好，又多訂了幾樣東西才回去。

「太讚了吧。」純子笑著說。

「真的，這都是託坦克的福喔。不過，就算梢小姐是大客戶，還是希望她能好好遵守時間呢。也不管我們是不是有別的事要做，突然就這樣跑來，還說什麼『放著沒關係』……」

「那個……」美月怯生生地插嘴。「梢小姐有打來說要提早，電話是我接的。」

「不會吧，美月，妳忘了告訴我們嗎？」

「對不起。因為處理行政事務的女生辭職了，我多了好多工作，接電話的時候手上也同時在做其他事情，不小心就忘了……」

什麼叫「不小心」。

該做的事就要好好做吧。朋香正想發火，純子已居中緩頰。

「不過，也是拜此之賜，朋香的最愛才能順利商品化嘛。我說，那個貓咪圖案，要不要多設計幾款？或是當成我們品牌的專屬角色？」

「啊，聽起來不錯耶！貓是現在很熱門的元素。」

美月已經把剛才的失誤拋到腦後了。她個性上原本就有這種不夠穩重的地方。聽到其他人抱怨就跟著抱怨，叫她回來，她倒也不拖泥帶水地回來了。只是，藉口總是很多。如果能像她活得這麼隨便或許比較輕鬆吧，但朋香終究是無法做到。

「多設計幾款是嗎……」

朋香低聲嘟噥，看著自己隨手畫的塗鴉。坦克的畫沒有上色，也只是畫了他的臉部素描。如果要正式用在商品上的話，這種亂畫的東西是不能用的，得進電腦繪圖加工後做成數位檔案才行。

坦克從來家裡的第一天就很乖巧，動作也輕柔緩慢，是一隻會自己跑到人腿上討摸的貓。抱他也不嫌棄，就像個絨毛抱枕一樣，可以一直摸。光是想起摸他時的觸感，朋香就忍不住微笑。

美月下樓去了店裡，純子便對朋香笑著說：

「朋香，妳真的很迷耶。」

「欸？什麼？」

「貓啊。只要講到貓，妳就收不回笑容了吧。不是說在六角蛸藥師通那間診所帶了貓回家？看來妳很疼愛那隻貓喔。」

被純子說中，朋香羞紅了臉。這才發現原來自己一直嘴角上揚，藏不住為貓癡狂的態度。

「是啊，養了才知道貓挺可愛的。」

不只是「挺可愛」而已。要是純子看到朋香在家時追捧坦克的樣子，一定會嚇一大跳。

「有照片嗎？」

「有啊。」

當然有。給純子看了自己的手機。一開始純子還笑得出來，點開相簿後，看見沒完沒了的坦克照片，她好像有點嚇到了。

「拍了這麼多喔。而且，這些照片看上去全都差不多啊。」

「妳在說什麼啊，每張都不一樣好嗎？這些照片刺激了我的創作欲，妳看這張，那雙藍色眼睛簡直要把魂給吸進去了。」

「是是是，妳說得對。不過我還真意外，朋香這麼愛乾淨，原本以為妳不擅長照顧動物的呢。」

「坦克是隻很乖的貓，再說，照顧的人是——」

大悟。這句話沒說完，又給吞了回去。

朋香在家只負責跟坦克玩，各種餵食清潔都是大悟在弄。畢竟，他現在是個無業遊民。

和一天到晚換工作的大悟交往多年的事，純子是知道的。朋香和大悟現在關係進入停滯期，而朋香為此感到悶悶不樂的事，純子也知道。只是，為了不讓純子尷尬，這次沒把大悟又辭職了的事告訴她。

隨便想個別的話題帶過吧。只要自己做好該做的事，即使大悟收入不穩定也沒關係。為此，得好好想個暢銷新品才行。

「對，這個，就是這個。」

朋香趕緊把自己畫的素描拿給純子看。

布偶貓很有氣質，適合用來設計符合成熟女性喜好的圖案。被那雙藍灰色眼瞳一看，任誰都會陶醉得嘆息。

還有那可愛的小手。圓圓的手掌和掌心的肉球。第一次摸到肉球時真是驚訝，明明軟軟的，一壓下去卻會強力回彈。摸起來就像富有彈力的泡棉。

那種觸感能不能應用在什麼東西上面呢？可惜一時想不到。再過兩天就得把坦克還回去了。不行，還不想放手。

「為了創作出更多不同款式，得去拜託人家延長模特兒的時間了。我出去一下，剩下的拜託妳嘍。」

說完，朋香走出店外。

打開門，櫃檯裡的護理師掀了掀眼皮。

「高峰小姐，貓應該還沒到歸還的時候吧？」

被她用那冷淡的表情這麼一說，朋香一陣火大。仔細打量，這位護理師似乎還比自己小上幾歲。一副泰然自若的樣子，是否忘了上次自己醜態畢露啊？朋香忍不住想挖苦對方。

「妳今天沒喝木天蓼茶嗎？喝木天蓼茶居然也會醉，簡直像貓一樣。」

然而，護理師面無表情，只往上瞄一眼。

「請問，現在是該笑的時機嗎？那我等等再笑，妳請先進診間吧。」

這個護理師是怎麼回事啊？朋香皺著眉頭進入診間，今天醫生似乎沒喝醉。不過，跟那個護理師不一樣，他笑容滿面，態度很親切。

「咦，高峰小姐，妳的表情真可怕。貓好像沒發揮太大的效果呢，都過這麼多天了，怎麼會這樣。」

醫生伸長脖子，湊上來觀察朋香的臉。嚇了一跳往後退，他又繼續逼近。

「是說，發揮了跟我預期不同的效果。真奇怪，難道妳不適合開這隻貓嗎？」

他歪了歪頭，說著一些莫名其妙的話。看到這隨便的態度，朋香沒打算陪他玩下去。

「醫生，我想請問，能不能把小坦……就是那隻布偶貓再多借我一段時間？老實說，有客人委託我設計貓咪圖案的商品，為了觀察貓的生態，我想讓他留在身邊久一點。因為，我是那種想把工作好好完成的人。」

「布偶貓？」醫生眨了眨眼，敲起電腦鍵盤。「哎呀，糟糕，搞錯貓了呀。不好意思，高峰小姐，上次開給妳的那隻貓是錯的。妳服用的那隻布偶貓名叫坦潔玲，是一隻母貓。她是在貓咪咖啡廳工作的職業貓，個性溫順乖巧，難怪沒發揮什麼效果。」

醫生喃喃嘟噥。

朋香仰頭看天花板。真是奇怪的醫院，感覺就像遇上了妖怪。

「那個……我是第一次看身心科，你們的看診方式都是這樣的嗎？」

「雖然常有人誤會，但這裡不是身心科醫院喔，也不是什麼心理諮商中心。嗯……原來妳服用了將近兩個星期的是別隻貓啊。」

醫生轉向電腦螢幕，一臉為難地盤起雙手沉吟。朋香感到訝異。

「這裡不是身心科診所？可是，不是『心的醫院』嗎？」

「我們常被帶去心醫生的醫院，我和千歲小姐都只知道那裡，就隨便借他的名字來用了。那是間好醫院喔，這條命也是那裡救的。我想想喔……不然再追加一隻貓給妳？和坦潔玲一起服用兩星期如何？」

不是身心科醫生的這個神秘醫生這麼說，朋香陷入困惑。既然如此，這裡到底是什麼醫院？

「追加的意思是再帶一隻回去嗎？」

「兩隻一起服用，效果不會抵銷的，別擔心。」

「我不是擔心這個，只是，一次要養兩隻貓……」

「沒辦法嗎？養兩隻很吃力嗎？」

「不、倒也不是那個意思……」

「看來是沒辦法呢。說的也是，一次養兩隻的話，更沒辦法做好該做的事了。不行不行，還是別開其他貓好了。」

醫生表情要笑不笑的，看得朋香一陣火大。布偶貓坦潔玲照顧起來毫不麻煩，再多一隻自己也能搞定。再說，多一隻貓在身邊觀察，說不定能帶來更多創作靈感。

「沒問題的，我可以照顧他們兩星期。請把坦潔玲和另外一隻貓交給我吧。」

朋香態度強硬，醫生笑笑點頭。

「這樣啊，那這次就真的開坦克給妳嘍，請一併服用。喔，對了，雖然事到如今也已太遲，總之還是把上次那隻貓的說明書一起交給妳。」

真的是事到如今又何必。雖然生氣，朋香姑且看了拿到的說明書。

「名稱：坦潔玲。母貓。四歲。布偶貓。食物：早上和晚上適量餵食。水：隨時。排泄處理：適當時機。基本上放著不管也不會有問題。由於她外表美麗，個性溫順，喜歡和人接觸，容易使人產生高度依賴的現象，請保持一定距離。若判斷自己已受到強烈影響，出現幻覺或幻想等症狀時，請隨時回診諮詢。以上。」

朋香臉頰抽搐。這張說明書上描述的正是家裡那隻貓。關於幻覺和幻想這部分說得真是太準了。其實，朋香也不是沒有這方面的自覺，說不定再養一隻貓，對自己而言負擔真的會太重。

「咦，怎麼了嗎？高峰小姐。」

像是察覺了朋香的不安，醫生盯著她的臉。

「果然沒辦法嗎？這樣妳會無法做好該做的事？」

「才、才沒那回事。交給我沒問題。」

「那太好了，啊哈哈哈。喔，對了，同時服用兩隻貓時，請兩隻都要好好服用到最後喔。半途而廢會產生抗貓性，反而更難發揮功效。千歲小姐，請帶貓過來。」

這種事不是該先說嗎？

還來不及抱怨，護理師已提著裝有貓的外出籠過來了。

上網查了，原來這叫「夜間運動會」。

貓以擋不住的氣勢四處橫衝直撞，朋香對他束手無策。要怎樣才能讓他停下來呢。動作那麼快，根本抓不住。追根究底，貓本來就是抓不住的生物吧。

貓的身體宛如一塊蕨餅，不、應該說是融化的起司。

美國短毛貓坦克從沙發跳上牆壁，接著朝牆上一蹬，再飛上桌子。

三角跳。朋香只在動作電影中見過這種飛天特技。不過，坦克用力過猛，踩到桌巾打滑，連貓帶桌巾一起掉到地上了。和桌巾纏在一塊的他生氣地掙扎。

布偶貓坦潔玲跟著興奮起來，貓爪到處亂抓。兩隻貓互相追逐，把所有放在外面沒收的東西都揮到地上。那隻如奶油麵包般可愛的手，如今也化成了凶器。

坦克再次跳上桌，接著從這裡飛撲到餐具櫃上面。朋香忽然回過神來，大驚失色。

「大悟，快抓住他。從那麼高的地方摔下來會受傷的。」

「嗯，對耶。」

原本愣在原地的大悟急忙朝櫃子上方伸手，還差一點就要碰到平躺在櫃子與天花板中間的坦克了。然而，就在快抓到他時，坦克身體一扭，又高高跳起。

簡直就像個彈簧玩具，兩人倒抽了一口氣。只見坦克輕盈落地，幾乎沒發出聲音，彷彿掉下來的是一團棉花。

肉球。是肉球吸收了所有衝擊力道。四肢內側那粉紅色的厚厚肉球就像果凍一樣。

「小朋，不行了。放棄吧，我們該睡覺了。」

大悟深深嘆口氣，睏得打盹。

朋香瞪了大悟一眼。他就只會跟在坦克屁股後面跑，連尾巴都摸不到。努力想抓住貓的只有朋香一個人，結果雙手都被抓傷。

淺灰色的毛，上面是黑色條紋。豎起的雙耳，橢圓形的臉。正如最早拿到的說明書，坦克是一隻美國短毛貓。有著純種美短的可愛模樣，小小的嘴巴展現堅定意志，大大的身軀活潑好動。

坦克的眼睛是帶有淺咖啡色的黃色，和坦潔玲的藍眼有不同的美。貓的眼睛真是不可思議，從旁邊看，球體有一半是透明的，像彈珠一樣。
從醫院帶回坦克，放他出籠子後，他就一直躲在角落。給了飼料和水，他也只是趴在那邊看。和第一天就很親人的坦潔玲不一樣，坦克的警戒心似乎很強。到了晚上也不出來，無奈之下，只好把兩隻貓留在客廳，熄燈睡覺。
那天深夜，運動會就開始了。
因為坦克掛在上面的關係，窗簾已經被扯下一半，餐具櫃上也滿是抓痕。朋香這才知道，原來貓會做出這麼激烈的動作。就連原本乖巧的坦潔玲也跟著到處亂竄，教人後悔沒先把抱枕、座鐘及時髦的餐具盒收起來。
「放著別管吧，他們等下自己累了就會去睡了。」
「可是在那之前，家會被破壞掉……」
「我明天會打掃的啦，把客廳收拾好，白天也會先讓美短運動。這傢伙來到陌生人家裡，一定也需要發洩一下壓力嘛。」
「是小克。」
「咦？」

「美短的名字叫小克。布偶貓是小坦。」

「……我會陪小克玩的。」

是啊。反正大悟白天晚上都在家，為了儲備明天的體力，非睡覺不可的人只有自己。幸好，坦克和坦潔玲似乎玩夠了，已經安靜下來。

早上起來，客廳像被龍捲風掃過。既然大悟說會打掃，朋香就假裝沒看見這一團混亂，自行出門上班了。雖說睡眠不足是家常便飯，一看到朋香，美月就說：

「朋香姐，妳背上怎麼毛茸茸的，還是說這件衣服的設計就是這樣？」

「毛？」

扭頭往自己背後看，的確整片都是貓毛。早上明明照過鏡子的，想來是出門前坐在椅子上時沾到了。

「討厭啦，真是的。」

朋香對自己感到失望，身為提供時尚配件的人，應該要更注意服裝儀容，自己卻淪落成這樣。這個狀況還要持續兩星期。

「暫時有貓住在我家，衣服是沾到他們的毛了啦。現在我家一團混亂。」

「是喔，真沒想到。還以為朋香姐連貓也能管理得很好呢。啊、對了，昨天朋香姐回去後，梢小姐來了電話。她說，上次跟妳提過的那個愛貓的朋友想要今天來。」

「咦？怎麼這麼臨時才說。」

「梢小姐說她昨天有打妳手機，妳沒接嗎？」

美月用有點埋怨的視線望上來，朋香赫然倒抽了一口氣。

「……梢小姐就是性子急。沒關係，反正今天沒什麼事，又是平日，店裡客人也不多。」

把聯絡的事交給美月，朋香自己在辦公室裡構思新的設計圖，時間一下就過了。梢介紹的客人來的時候，已經過了中午。

吸引人目光的不是她的一身和服。這位客人瀏海往後梳，後腦梳成一個髮髻，是個風情萬種的花街藝妓。

「我是駒野屋的阿比野，不好意思這麼突然跑來。因為梢媽媽的包包實在太好看了，我也想買，就硬是麻煩她幫我介紹高峰小姐了。」

「很高興您喜歡。駒野屋是祇園那邊的置屋吧？阿比野小姐您是藝……」

一開始只震懾於阿比野豔麗的外表與氣質，朋香這時才猛然發現，阿比野的長相自己一點都不陌生。雖然溫和的表情和女人味十足的動作與穿著打扮都不一樣，若光看五官，分明就是那間奇怪醫院裡的護理師。

「請問……阿比野小姐是否在中京那邊的醫院當護理師？」

「護理師？怎麼可能。我是祇園的藝妓呀。不用工作的日子雖然也會換上普通服裝，但從來沒打扮成護理師過喔。」

儘管阿比野露出高雅的笑容，朋香愈看愈覺得她像那個護理師。不、只能說是同一個人了吧。

是從事副業嗎？藝妓兼任護理師？

只是，從她那溫和的笑容裡看不出任何線索。沒記錯的話，那個護理師是叫千歲吧。藝妓和護理師都是繁重的工作，要兼職應該不容易。

「抱歉，是我固定看診的醫院，有個叫千歲的護理師，和阿比野小姐您真的長得很像。」

朋香笑著這麼說，阿比野的反應卻令她訝異。因為，和剛才完全不同，她整張臉都僵了。

「妳說千歲？妳看到千歲了嗎？在哪看到的？」

阿比野上前追問，朋香不由得後退。

「就是六角通那邊巷子裡的醫院啊。一間叫『中京心的醫院』的奇怪診所，我說的是裡面的護理師。」

「心醫生的醫院？妳的意思是，千歲在須田獸醫院嗎？」

「獸醫院？」

兩人完全是雞同鴨講。但阿比野求助的眼神令人看了心痛。

「咦？」

朋香站在十字路口中間，往東西向看看，再往南北向看看，不知道什麼時候又走過頭了。

阿比野站在蛸藥師通的轉角，一臉嚴肅地望向這邊。她看上去就像個忍耐不哭的小孩。

「請等一下喔，阿比野小姐。我記得就在這附近了。」

說完，讓阿比野站在原地等待，朋香自己又繞了一圈。從剛才開始就一一確認了每棟經過的建築，還是找不到通往「中京心的醫院」那棟大樓的巷子。

「真奇怪，應該有一條暗暗的小巷，走到底就是那棟大樓了啊。那間診所在五樓，我還去了兩次呢。是搞錯路了嗎……不可能的啊。」

「妳在找的不是須田獸醫院嗎？」

阿比野疑惑地皺起眉頭。看來彼此的認知不太一樣，一直在各說各話。

「不是獸醫院呀，是身心科……好像也不是，總之是一間『心的醫院』，很不可思議的地方。」

急著想解釋清楚，又無法順利說明。阿比野說無論如何都想去看看，拜託朋香帶她來，實際到了附近卻是怎麼都找不到那間診所。

阿比野低下頭，像在思考什麼。朋香心想，難道那個醫院是自己做的夢嗎？不，坦潔玲和坦克把家裡搞得亂七八糟，這點絕對不假。貓確實存在。

「請問……」阿比野不解地問。「那間醫院是不是在一間叫『中京大樓』的建築裡？細細長長的老舊建築，總共有五層樓。」

「大樓名稱我是不清楚，但感覺跟您形容的很像。阿比野小姐，您知道那裡嗎？」

「小千她……小千曾經在那裡。小千是在那裡出生的。」

阿比野表情黯淡。這次，在她的帶路下，兩人再度繞了街區一圈。走到麩屋町通正中間，抬頭仰望眼前的建築，朋香不禁愕然。

「為什麼？這棟大樓應該在一條窄巷底才對啊。」

「這棟『中京大樓』從很久以前就一直在這裡了。如果高峰小姐說得沒錯，千歲應該在這棟大樓的五樓才是。」

說著，阿比野走入大樓。眼前的狀況已經超越單純的不可思議，朋香開始感到恐懼。但是，坦潔玲和坦克都是那間醫院交給自己的，必須搞清楚到底怎麼一回事才行。

走廊跟記憶中一樣昏暗。忽視那些看上去相當可疑的承租單位，直接爬上最裡面的樓梯，一路上到五樓。

朋香還沒說「裡面數來第二間」，阿比野已經站在那扇門前，可知她確實知道這裡。可是，握住門把的手卻一動也不動。咬著嘴唇的表情看起來很難受。朋香沒說什麼，代替她轉動門把。

然而，門上傳來無情的喀嚓金屬聲，門打不開。上了鎖。

「那間是空屋喔。」

突然傳來這句話，將朋香嚇了一跳。轉頭一看，走廊前方走來一個身穿浮誇襯衫，面相兇狠的男人。

「妳們想看房的話，最好去聯絡管理公司。不過，我是不建議啦，那間屋子有點內情。」

「內情？」朋香疑惑地皺起眉頭。不只男人給人可疑的印象，眼前奇妙的狀況更使她困惑不已。

「是啊。明明是空屋，裡面卻不時傳出聲音。有人說話的聲音，也有貓叫聲。我想那個應該還在裡面游移不去吧。總之我給妳們忠告了，以後可別抱怨我沒先說喔。」

擦身而過的時候，男人還一直上下打量兩人。尤其是阿比野，凝視了她好一會兒，他才走進隔壁那間屋子。

「空屋……」朋香嘀咕。這不可能啊。阿比野已經走回樓梯了，朋香也急忙追上。走出大樓抬頭看，大樓依然就在大街旁，不是記憶中的巷弄底。

「怎麼會這樣，我真的搞不懂。這裡到底是怎麼回事？千歲又是誰？」

「我只要千歲回來就夠了。」

不同於疑惑的朋香，阿比野心思像是飄去了另一個地方。露出恍惚的表情，給人一種捉摸不定的感覺。

「阿比野小姐……您還好嗎？」

「還好。」阿比野淺淺微笑，眼中卻閃現淚光。「高峰小姐，謝謝妳陪我跑這一趟。包包我之後再下訂好嗎？」

「當然沒問題。我只擔心阿比野小姐您……」

「我真是沒用，不管在人前還是在座敷表演時，動不動就眼眶泛淚。真的是不振作不行了。啊、對了，真正的心醫生開的醫院，就在這棟大樓後面喔。須田心醫生的獸醫院。」

結果，在什麼都沒釐清的狀況下，朋香與阿比野當場道別。即使回到辦公室繼續工作，心還是定不下來。

「噯、朋香，當季商品的網頁設計，妳檢查過了吧？」

聽純子這麼一說，朋香才赫然想起這件事。

「抱歉，我還沒看。」

「業者在催了，說再不回覆的話，會趕不上下週網站更新喔。放輕鬆固然是好事，也別鬆散過頭嘍。」

純子笑著這麼說，朋香暗自握緊拳頭。

才沒有放鬆。自己有把該做的事做好，是靠得住的人。今天之所以這樣恍神，都要怪昨晚大暴動的兩隻貓。無法專注在工作上，則是因為腦中不斷浮現阿比野那張悲傷的臉。

雖然前幾天都很早回家，為了警惕心不在焉的自己，朋香這天一直工作到半夜。精疲力盡地回到家時，發現屋裡燈都沒開。

「我回來了。咦，大悟？」

家中一片安靜。開燈一看，朋香當場愣住了。家裡跟早上出門時一樣亂。還在錯愕之中，玄關門打了開。是大悟。

「喔，抱歉，小朋。朋友臨時約我去喝兩杯。」

大悟醉得臉都發紅，踩著踉踉蹌蹌的腳步走進客廳。

「啊哈哈，家裡真是亂七八糟。喂——貓咪，你們在哪？小克，小坦？跑去哪啦？爸爸回來了喔。」

看到大悟笑著找貓的模樣，朋香內心雪亮。

該做個可靠的人的，不是自己。

該把事情做好的，也不是身邊其他人。朋香最希望振作的人，是眼前這傢伙。

一把年紀了還動不動就辭職，連打算什麼時候結婚都不說清楚。追根究底，根本不知道這人想不想跟自己結婚。就算不想結婚也沒關係，但他真的喜歡自己嗎？

「你夠了吧！」

朋香大聲怒吼。至今累積的怨氣一口氣爆發。

「一把年紀了還動不動就辭職，不去見我爸媽，也不跟我結婚！對於將來的事，你什麼都沒在考慮吧！給我好好振作啊！做個靠得住的人好嗎！我放棄了，我已經不想把該做的事做好，也不想當個可靠的人了！」

大聲吼出想說的話，激動得肩膀上下起伏。

是啊。老實說，每次大悟辭職，覺得結婚更無望的時候，朋香都想說這些話。好不容易察覺自己真正的感受。對純子和美月說了那麼多自以為是的話，自己還不是有很多糟糕的地方。可是，朋香努力想說服自己該做的事都有好好做。所以，就算大悟遊手好閒也沒關係。

大悟似乎嚇到了，張大嘴巴不知所措。接著，他一臉抱歉地低下頭。

「抱歉，我沒發現妳這麼生氣。」

看到大悟沮喪的樣子，朋香冷靜了下來，也覺得不好意思。

「我也不是生氣，就是有點……希望你多想一點將來的事而已。不是說現在馬上就要怎樣，但希望你好好想想。」

或許這種話聽起來終究還是像在逼婚。不過，無論大悟的回答是什麼，把話說出口後，朋香心裡輕鬆多了。忍不住笑出來。

反而是大悟難為情地苦笑說道：

「小朋，我沒找到工作，不好說什麼，可是……」

就在這時，兩人聽見貓的聲音。不是喵喵叫。

「……小坦？」

布偶貓坦潔玲從屋內角落慢慢走出來，動作和平常不同，頭低低的，走路方式也很奇怪。

再次聽見貓的聲音。聽起來像在咳嗽，是坦克。平常動作那麼敏捷，現在卻走得很慢。

「小克？你怎麼了？怎麼動作怪怪的……」

朋香蹲下來，朝坦克伸出手。坦克忽然吐了，坦潔玲也是。嘴裡發出乾嘔的聲音嘔吐了。

「小克！小坦！」

兩隻貓身體癱軟，當場趴倒。朋香腦中一片空白，看著無力的貓不知所措。大悟也完全從酒醉中清醒了。

「小朋，馬上帶他們去醫院！」

「醫院？可是現在這麼晚了，獸醫院沒開吧？」

「我來查查，小朋先用毛巾把兩隻貓吐出來的東西擦拭起來保留，等等帶去醫院。他們說不定吃了什麼不該吃的東西。」

「嗯、嗯！好。」

朋香緊張得雙手發抖。即使如此，還是照大悟說的去做，再將兩隻貓裝進外出籠。這時，他也已聯絡上查到的醫院，準備搭計程車前往。那是在京都市區一間有接急診病患的須田獸醫院。

須田醫生是一位六十多歲，頭髮花白的男性獸醫。只見他在睡衣上披了醫師白袍，頂著一頭亂髮，腳下套了拖鞋就出來看診。

「嗯，好像全部吐光了。」

須田醫生輪流為坦潔玲和坦克看診後，用溫柔的語氣這麼說。他只是把手輕輕放上去，診療台上的兩隻貓就乖乖聽話，任由他檢查了。獸醫真厲害啊，朋香在一旁看得感動起來。

須田醫院正好就在白天去過的「中京大樓」後方。因為夜間也看診，原本還以為是大醫院，沒想到只是一棟夾在民宅間的小房子，靠外側是診所，醫生似乎就住在內側。夜間看診不走大門，從旁邊的小門進去，只有診間還亮著燈。看來應該是特別因應急診才開的。

須田醫生指著朋香帶來的嘔吐物說明：

「是觀葉植物，貓應該啃食了這個。幸好這次還不用洗胃，萬一吃的是百合科植物或龍血樹，對貓來說就是劇毒了。一旦身體吸收毒性會很危險，其他還有一些植物也不行，養貓的家庭最好都不要放這些植物。」

醫生語氣不疾不徐，也沒有責備的意思，與其說是在對朋香和大悟說話，更像在對貓咪們說話。兩隻貓都回到外出籠裡，似乎已經沒事了。

觀葉植物。朋香和大悟面面相覷。

帶坦潔玲回家前，客廳窗邊擺了一盆觀葉盆栽沒錯。但是為了小心起見，不是早就移開了嗎？

「我還把那盆植物搬到最高的櫃子上面了……」

「昨晚貓開運動會時掉下來了吧。要是有馬上整理的話就不會這樣了……不、說明書上明明寫了危險物品必須收走，都怪我沒看清楚。」

「不，不是媽咪的錯喔。小坦，小克，抱歉啊。」

就在兩人爭相擔起責任時，須田拿了藥過來。大半夜的，真的很感謝他對應這麼周到。

「謝謝您，須田醫生，多虧有您這麼晚了還看診，真的幫了我們大忙。」

朋香道謝，須田醫生微笑說道：

「動物生病不會分白天晚上，也不像人類還可以叫救護車。」

確實如他所說。家附近有沒有獸醫院，當貓在沒有看診的時段或假日身體出狀況該怎麼辦。既然要帶貓回家，這些都是必須思考的事。

重新觀察院內，發現除了建築本身老舊外，診療台和燈具、標本及裝滿厚重醫學書籍的書櫃都不新。顯微鏡與X光機看上去也頗有歷史。

須田醫生本身也算中高年，這裡應該是長年以來受到地方居民信賴的獸醫院吧。雖然網路上查到的資料顯示這裡接受急診，以這種規模的醫院來說，很少做到這個地步。

「這裡只有醫生您……只有須田醫生您一個人嗎？」

「晚上是這樣沒錯。白天會有工作人員來幫忙喔。有什麼問題歡迎隨時過來，打電話來也行。那麼，請多保重。」

這麼說著，須田醫生看來有點睏。遣詞用字和語氣都很溫柔，但也不拖泥帶水。

朋香提著裝了坦克的外出籠，坦潔玲則給大悟提。兩人走出醫院，大悟拿出手機。

「用手機應用程式叫車吧。」

「噯、大悟。」

「嗯？」

「你剛沒說完的話是什麼？說你雖然沒找到工作可是怎樣？」

似乎沒想到朋香會這麼問，大悟睜大了眼睛。

「沒有啦，那是……雖然還沒找到工作，等下一份工作確定了，我再好好跟妳說……啊、那輛是計程車嗎？」

大悟率先跑向馬路前方，朋香無奈地望著他的背影。自己果然不振作不行。等大悟一找到工作，馬上拉著他回自己老家見爸媽。

朋香氣喘吁吁地爬上五樓。裝了兩隻貓的外出籠很重，差點連腳步都踩不穩。好不容易推開門，一進去就看到那位護理師坐在櫃檯裡。

表情冷淡，半低下頭的那張臉，和阿比野長得一模一樣。

不、仔細一看，比起阿比野，她更有一種對什麼都滿不在乎的感覺。這時，護理師抬起頭。

「高峰小姐，妳要來還貓對嗎？請先進診間。」

朋香照她說的走進去，醫生已經等在裡面。

貓還在身邊這幾天，朋香一直在想，萬一再也找不到那棟大樓了怎麼辦？就算找到了，那扇門也可能上鎖。

這麼一來，坦潔玲和坦克就能成為自己家的貓了嗎？

想像著和兩隻貓一起的生活，貓的設計圖畫得漸入佳境。最後畫出來的，是一隻兼具甜美與敏捷特質的貓。只有耳朵邊緣的毛色特別深，這是取自坦潔玲的特徵。額頭和臉頰上的等距條紋花色則來自坦克。融合兩隻貓的特色，保留彈珠般半透明的眼珠。把這些加在之前梢小姐說過喜歡的那張貓插畫上，畫出連純子也很滿意的設計圖樣。

「整體的平衡感抓得很好呢，不愧是我們的當家設計師。前陣子設計有些死板，我還在想妳是怎麼了呢。」

「什麼嘛，講得一副高高在上的樣子。話先說在前頭，我可沒有打算轉換成可愛系或動物系的風格喔。主題充其量還是成熟女性優雅的甜美。」

「原來如此，既優雅又甜美是嗎？確實很符合貓的特性。那麼，銷售對象也和過去一樣，鎖定有一定經濟能力的上班族女性嘍。女人就算長大了，還是喜歡可愛的東西嘛。」

就這樣，純子已經跟平常一樣開始計算起成本了。正因為有她在，自己才能把喜歡的事化為具體行動。這間店的穩健經營都是拜純子所賜，朋香不假思索地脫口道謝。

「謝謝妳，純子。」

「討厭啦，妳是哪根筋不對。最近真的比較懂人情世故了喔，是不是年紀大了啊？」

純子笑著說。

坦克還是一樣調皮，每天晚上都在家裡開運動會。不過，他也愈來愈會撒嬌，每天都和坦潔玲搶著翻肚皮。不管怎麼摸，他好像都不滿足似的，朋香和大悟笑說，這樣下去會不會得腱鞘炎啊。真是不可思議，就算衣服沾滿貓毛，也不像之前那麼介意了。

今天大悟沒送自己出門。他說「趁我不在家時帶去還吧」，摀著臉先離開了。

醫生走進來，臉上是溫柔的微笑。

「喔喔，狀況不錯嘛。看來貓很有效。」

「是的。」朋香點頭，進醫院時已經雙眼泛淚。心想最後想再摸一下吧，手指滑過兩隻貓充滿彈性的肉球。難以言喻的觸感，實際上摸過就知道。

貓果然很療癒。

「真不想放手，我會很寂寞的。」

「這就是貓的效果喔，他們會在心底好好留下『不想放開溫暖事物』的心情。來吧，兩隻都辛苦了，下次再麻煩你們嘍。千歲小姐，請來把貓帶走。」

護理師走進來。冷淡的表情，二話不說帶走了貓。就這樣，貓從空間裡消失。

「那兩隻貓接下來會怎樣呢？」

「坦潔玲本來就是職業貓，會回到職場工作。別看那孩子那樣，她可是很專業的，不管到哪都深受歡迎。每個病患都好迷戀她。坦克住在一間大房子裡，和很多貓一起生活。因為是老么，個性比較天真活潑。兩隻貓都有被好好疼愛著喔。」

聽醫生的語氣，彷彿他說的是人類。或許，這位醫生看事情的角度和貓非常接近。

「那麼，預約的病患快到了，今天就差不多到這邊吧。」

「醫生。」

「是。」

「如果有人來到這裡，卻打不開那扇門的話怎麼辦？」

「只要自己想開，門就會打開喔。那麼，請多保重。」

醫生態度柔和而淡定，笑容和不久前照顧了兩貓的須田心醫師很像。

走出診間，櫃檯裡的護理師抬起頭，只說了一句「請多保重」。從大樓外抬頭一看，眼前這棟大樓和跟阿比野一起造訪的「中京大樓」一模一樣。然而，不是那一棟。

等工作和私生活都更從容了，就來養貓吧。正因不完美也不可靠，才需要和大悟好好談談。

朋香回過頭。

咦，巷弄不見了。只剩下形狀細長的「中京大樓」。那間屋子的門鎖是否鎖上了呢？

朋香沒有進去確認。

第五回

「哎呀，原來這位客人您是獸醫師嗎？」

說著，阿比野為紅著臉難為情的須田斟酒。

藝妓座敷的座上客多半是公司老闆、資產家、律師或醫生，這還是第一次接待獸醫。

「是啊，阿比野。這位須田醫生是個非常厲害的獸醫喔。」

說這話的是常客井岡，他是個有錢人，在京都市內擁有好幾棟大樓。他出手大方，在祇園這邊算是有頭有臉。發亮的額頭和滿面的紅光，一看就是個有膽識的社長，實際上也是個不拘小節的紳士。

「快給須田醫生倒酒，醫生是我的恩人呢。」

「是喔。」阿比野以優雅的姿態為須田斟上日本酒。須田是位看似六十多歲的穩重男性，好像不太熟悉這種場合，一直顯得很客氣。

「說恩人太誇張了啦，井岡社長。沒想到您會招待我來祇園，還請了藝妓小姐作陪，真是不好意思。」

「您說這什麼話，須田醫生。醫生您真的是幫了我大忙啊。」

「哎呀，出了什麼事嗎？」

阿比野這麼問，井岡故作誇張地皺眉。

「我在中京那間大樓啊，那邊的房客潛逃了。不只欠繳房租，還在屋子裡留下一大堆貓，就這樣人間蒸發了。」

「哎呀，這樣的話，那些貓咪……」

阿比野望向須田，須田喝乾小酒杯裡的酒，微笑著說：

「是違法繁殖場，在租屋處讓貓交配生小貓，再上網把貓賣掉。大概是賣不掉吧，業者就直接棄養潛逃了。」

「怎麼這樣，太過分了。須田醫生，那些剩下的貓咪們怎麼樣了呢？」

已經喝醉的井岡大聲說：

「什麼怎麼樣，又臭又吵的，引來鄰居嚴重抗議，管理公司去看了才發現事情不得了。可是，其中有些還剩下半口氣，是須田醫生治療的喔。醫生和志工們一手包辦了後續的處理，甚至幫忙超度死去的貓。先把話講清楚，當然這些我都有付錢，也捐了很多錢給那個叫什麼的動物保護團體……」

「這方面真的承蒙井岡社長諸多關照，不然聽說浪貓中途之家原本快撐不下去了。」

「醫生您還不是，幾乎是為那些狗貓免費看診吧？人也太好了。」

井岡笑得爽朗，阿比野也跟著陪笑。座上都是付了昂貴「花代❶」的客人，身為藝妓絕對不能露出難看的臉色，這是這一行的規矩。然而，她的心情卻是沉重得不得了。趁井岡離開座位時，偷偷問了須田：

「醫生，剛才那件事，請問得救的貓咪們後來怎麼樣了呢？井岡先生說有很多隻，要不要我也問問客人，看有沒有人能領養？」

沒想到，須田搖了搖頭。

「井岡社長講得比較誇大，實際上得救的只有兩隻。其他的都回天乏術了。那兩隻還在我們醫院，每次說明救出時的狀況後就沒人要領養了。畢竟當時的狀況真的太悽慘，在這種場合實在很難說出口。」

❶藝妓的演出費用。

須田雖然笑著說這番話，表情卻很哀傷。阿比野一時之間無法回應，也無法想像當時的狀況到底有多慘。那之後，為了不破壞宴席的氣氛，她也只能努力強顏歡笑。

阿比野是祇園的藝妓。國中畢業離開家鄉，來到駒野屋成為舞妓，現在更成為能獨當一面的藝妓，今年要滿二十六歲了。

只要成為獨當一面的藝妓，無論髮型、服裝或想住哪裡等私生活都能自己決定，不過也有人獨立之後仍留在原本的置屋領薪水。阿比野就屬於這種。她現在依然吃住都在駒野屋，是老闆娘靜江的得力助手。

那場座敷宴會的幾天後，阿比野靠著手機地圖來到六角通。這天穿的是普通便服，沒人盯著她看。頭髮也跟普通人一樣放下來。

「就是這裡了吧。」

在富小路通上的須田獸醫院前停下腳步。這間看上去頗有歷史的醫院，和旁邊的民宅是一樣的建築。

真的來了。懷抱緊張的心情，正要進去時，正好和反方向走來的男人撞個正著。對方先道歉了。

「啊、對不起。」

那是個看起來年近三十，不太起眼的青年。阿比野用手勢表示「您先請」，男人就點了點頭，走進醫院。跟著進去後，裡面的候診區倒是和一般醫院沒兩樣。不過，牆上貼的是呼籲犬隻施打疫苗的海報，牆上還有一塊貼了貓狗照片的板子。

那些貓狗大概都是這裡的患者吧。看到照片裡戴著伊莉莎白頭套，被飼主抱在懷中的貓，阿比野不禁莞爾。飼主雖然對著鏡頭笑，貓卻是一臉不高興。

青年兀自走進診間，大概是常帶動物來看診的飼主，不然就是這裡的工作人員吧。阿比野不確定怎麼做才好，告知櫃檯內的女性自己與須田醫師有約後，對方請她坐在長椅上等。

過了一會兒，剛才那位青年出來了。須田醫生也一起，看到阿比野，他苦笑著說：

「阿比野小姐，妳真的來了啊。」

「醫生您真是的，以為我在開您玩笑嗎？我可是認真的。」

「哈哈，抱歉抱歉。」須田笑出來，又對青年說：「那麼梶原老弟，謝謝你專程跑一趟。下星期我會去中途之家看一下。」

「好的，麻煩您了。」

青年微微低頭致意，提起塑膠簡易外出籠。阿比野從側面的透氣網中看見裡面的貓。

那是一隻宛如深夜的黑貓。除了灼灼發亮的金色雙眼，全身都黑得連鼻子嘴巴也難以分辨。

青年離開後，換阿比野進入診間。須田將另一個外出籠放在大大的銀色金屬診療台上，外出籠跟剛才青年提的那個一樣。

「難道剛才那個人是……？」

「對，他認養了另外一隻貓。抱歉，先到的人有權先選。不過話說回來，那隻貓可不好照顧，就連梶原老弟也得多費點心力才行了。至於阿比野小姐，這孩子就交給妳了。」

須田單手伸進籠內，輕輕推出那隻貓。

「是隻三花母貓，年紀大概兩歲。現在毛髮有點稀疏，過陣子就會長好了。」

說著，須田把貓放在診療台上。貓的臉上也禿了幾塊，整體很瘦，背部到後腿的線條甚至是凹陷的。毛色是大塊的白底上分佈著黑色與紅褐色的橢圓斑紋，對比強烈的配色使她看起來性格好強。耳朵豎起，眼珠是明亮的銅色。

「正如電話中說過的，因為過去飼養環境太差，她的腎臟功能已受損，之後不知道要持續回診幾年。而且，無論現在多麼認真醫療，恢復的程度可能都無法和實際花費的心力成正比。很抱歉，這話聽起來像在恐嚇妳……阿比野小姐？」

阿比野根本沒在聽須田說話。因為，她正用眼神與端坐在診療台上的貓咪交流。

初次見面，妳好啊，我的小貓咪。白底上的橘色斑點，柔軟如棉花糖的身體，怎麼會……怎麼會這麼可愛。

「阿比野小姐？」

「啊、是，關於貓的事，我有先做過功課了。小時候老家也養過貓，是隻身體強壯的米克斯，個性捉摸不定，還不太讓人摸。所以這孩子也……」

也一定很有警戒心吧。

才剛這麼想，那隻貓就站起來走向阿比野，用鼻子磨蹭她的手。

這舉動令阿比野心都揪了起來。老家的貓死掉時，全家都很難過，阿比野也哭了。正因深知別離時有多痛苦，所以後來家裡不曾再養貓，只能上網看別人的貓，隔著遙遠的距離療癒自己。

為何突然想養貓了呢？

而且還是身體有問題的貓。

「貓就是這樣哪。」須田微笑說道。「明明很怕生，卻又會做出親人的事。該怎麼說呢……貓自己會召喚人來。被召喚的人是無法抗拒的。怎麼樣，阿比野小姐，如果要養這隻貓，打從一開始就要做好隨時可能送她走的心理準備。即使如此，妳還是想帶她回家嗎？」

「是的。」

阿比野用力點頭。這隻三花貓不只是一隻貓，而是有著貓咪外表的生命。儘管纖細瘦弱，從她的眼神就能看出高傲的氣質。

「醫生，這孩子叫什麼名字？」

阿比野問，須田搖了搖頭。

「和剛才的貓一樣，他們這輩子還沒有被取過名字。妳幫她取名吧，她已經是妳的貓了。」

「小千，我們去心醫生那邊吧。」

阿比野語氣溫柔，千歲卻跳上櫃子轉身背對這邊，怎麼也不肯下來。不管叫她幾次，都裝作沒聽見。

「別鬧了，千歲。快點下來，計程車快到了呀。」

生氣地這麼說了也沒用。不過，她一定有聽見。因為那末端如鑰匙般彎曲的尾巴不斷甩來甩去。一年前還毛髮稀疏的屁股，現在也已經長得胖嘟嘟了。

「因為妳不答應給零嘴，她才這麼不聽話。」

駒野屋的老闆娘靜江笑著這麼說，手裡拿著貓吃的肉泥條，在千歲眼前晃了幾下。見狀，千歲立刻乖乖跳下來。

「千歲，看完醫生回來就給妳吃喔。」

「真是的……媽媽動不動就用零食誘惑千歲。」

「是沒錯啊，如果不這麼做的話，這孩子根本不靠近我們嘛。真是的，不管過多久，跟千歲都混不熟。不過，她就是這樣才可愛啦。」

「這樣說起來，我也是被騙了啊。最初見到這孩子時那麼親人，我心想怎麼有這麼可愛的貓。結果帶回家後，她就只在自己心情好的時候才過來。是不是呀，小千？」

就算阿比野對著千歲說話，千歲眼睛還是緊盯著靜江手中的零嘴。靜江笑著說：

「那就是被騙的妳自己不對啦。藝妓也是一樣啊，光靠撒嬌討好客人可不夠高明。有時冷淡的態度還更有效果。如果千歲是花街的藝妓，肯定是祇園第一紅牌……哎呀，外面天色還真暗。」

靜江望向簷廊前的大玻璃窗。

「上次下大雨的時候，二樓的屋簷排水槽鬆動了，得趕快請木工來修理才行。妳們快趁下雨前出門吧，路上小心喔。」

「謝謝媽媽。好了，千歲，快下來吧，要去心醫生那邊嘍。」

今天是每個月一次到須田獸醫院回診的日子。認養三花貓千歲至今正好滿一年。阿比野和年輕的見習舞妓及姐妹藝妓一起住在位於花見小路的這間駒野屋，藝妓置屋進進出出的人多，為了不讓千歲跑到外面去，平常都讓她待在藝妓們生活起居的裡側空間，晚上則和阿比野一起睡二樓的臥室。

前往須田醫院的計程車內，阿比野對外出籠裡的千歲說話。

「謝謝妳騙了我，小千。」

像這樣跟貓說話，現在也成了阿比野的日常。計程車司機從後照鏡偷看她們，阿比野也不以為意。

千歲已經不像剛遇見時那麼瘦弱，身上三種顏色的毛散發柔順的光澤。右眼四周的毛是茶色，左眼則是黑色。額頭到鼻梁有一道白色的毛，顯得鼻梁高挺。但也因為這樣，給人一種高高在上的感覺。

實際上，千歲也不是呼之即來的貓。她會先盯著人看，像在考慮什麼，然後把頭轉開。被她盯著看的時間愈長，最後不受理睬時的失落就愈大。老闆娘說得沒錯，如果千歲是藝妓，一定會有很多人迷戀她。

抵達須田醫院，時間還早了一點，阿比野打量貼在醫院裡的照片。幾乎都是狗貓，但也有少數的鳥和兔子。大概是初診或病癒時取得飼主同意拍下的吧。

板子上也有自己和千歲的照片，是領養千歲那天須田醫生拍的。照片裡阿比野抱在懷中的千歲還很瘦弱，眼眶潰爛發紅，因為皮膚病的關係，毛也稀稀疏疏的。一如須田的忠告，千歲需要接受頻繁的治療，剛開始養她時，幾乎每天都回診。

到了現在，每個月只要來回診一次，觀察狀況就行了。每次看到這張照片，阿比野都暗自感嘆，這一路走來，自己和千歲真的很努力。

最早在醫院裡貼這些照片的人是須田的妻子，聽說以前她也在醫院裡幫忙，只是幾年前過世了。這間醫院建築與設備都老舊，也只有須田心一個醫生。對尋求最新醫療的飼主來說，大概少了點什麼吧。

——對，自己也想讓千歲接受更多更好的醫療。阿比野看著照片這麼想。

「竹田千歲，請進。」

櫃檯喊了千歲的名字，阿比野帶她進入診間。身穿白袍的須田露出和藹的笑容。

「來，讓我看看吧。」

須田語氣溫柔，像在跟小孩子說話。就連討厭被摸的千歲，每次看診時也乖乖聽話，令阿比野佩服不已。結束觸診和血檢後，須田醫生靜靜地說：

「數值果然不太好。」

「這樣啊。」

阿比野只能點頭。其實來之前還懷有一絲期待，希望千歲能出現奇蹟似的恢復。她還年輕，說不定有機會改善。然而，奇蹟沒有發生，從遇見她的那天起，千歲的身體狀態每況愈下。

「這樣啊……」

阿比野喃喃低語，盈眶的眼淚沒有落下。銀色診療台上的千歲鼻尖朝著這邊，阿比野就把臉湊上去。千歲的鼻子柔軟又濕潤。

真希望這樣的日子能永遠繼續下去。為此，如果千歲需要接受更好的醫療，無論要去多遠的地方或花多少錢，阿比野都在所不辭。

一定要守護千歲，她下定決心。

「心醫生，當初救了千歲的是您，那麼膽小的千歲也唯獨跟您很親近，所以，原本我是打算一直讓她在這裡接受治療的……」

「如果想換個醫院，不用顧慮我沒關係喔。我也可以幫忙寫介紹信。」

「之前醫生您曾說有認識關東地方的知名醫院，還說海外的動物研究比日本進步很多，關東那邊的醫院採用了海外的治療方式。醫生，只要能讓我家孩子多活一秒，我什麼都願意做。能請您幫我介紹那間醫院嗎？」

「這個嘛……該怎麼說好呢，大老遠跑去外地接受治療，花費的金額比想像中更多喔，時間也是。阿比野小姐是受歡迎的藝妓，座敷的工作怎麼辦呢？」

「我會想辦法的，無論如何，總有辦法。」

在阿比野的懇求下，須田為難地嘆了一口氣。

「就如同我一開始說過的，要養這隻貓得先做好心理準備。就算已經做好心理準備，動物的治療究竟要做到什麼地步，其實沒有一個準則。畢竟動物們自己什麼都不會說。」

「千歲的心情我最明白，這孩子只有我了。只要跟這孩子在一起，要我去哪都可以，我已經有所覺悟。」

「這樣啊，既然妳都這麼說了，那就考慮讓她轉到能做更先進醫療的醫院吧。」

聽到須田這麼說，阿比野才放了心，感覺像看見一絲希望。從醫院回家途中，她又在計程車裡對千歲說話。

「沒問題的，小千。妳會好的，好嗎？小千，我們要一直一直一直在一起。」

千歲趴下去，閉起了眼睛。聽見啪嗒啪嗒的聲音，抬頭一看，豆大的雨滴打在車窗上。一眨眼就下起了傾盆大雨。

那天晚上，阿比野一如往常帶千歲到置屋二樓，正打算熄燈睡覺時，千歲靜靜地靠過來，豎起末端微彎的尾巴，凝視著阿比野。從她的表情和動作就知道，她似乎想要什麼。

阿比野蹲下來伸出手。然而，就算對千歲說「過來」，她還是一副冷淡的樣子。阿比野已經習慣了，繼續說：

「過來這邊。」

千歲睜大銅色虹膜裡的黑色瞳孔，鼻子靠過來嗅聞阿比野的指尖，臉也湊上來磨蹭。先是右眼的茶毛，接著是左眼的黑毛，然後是白色的鼻尖。千歲爬上阿比野的手臂，兩隻前腳攀在她身上並站起來。

或許因為曾在那樣的環境長大，又或者原本個性就是這樣，千歲並不是一隻肯乖乖讓人抱的貓。然而，今天她不但好好待在阿比野的懷抱中，還伸出粗糙的舌頭舔舐阿比野的臉頰。

「呵呵，怎麼啦？今天這麼撒嬌？」

阿比野抱起千歲，放在自己床上。傍晚去過醫院，可能因此讓她有點神經質，說不定已經察覺即將轉院治療的事。在床上走動了幾步後，千歲把頭靠在枕頭邊，蜷縮起身體。

小心翼翼不壓到枕頭，阿比野也仰躺在床上，盯著天花板。

「就算得去比較遠的醫院，我也會加油喔。小千當初選擇了我，一定是因為信任我，知道我會救妳的吧？我什麼都能為妳做，絕對不會放棄。」

不可思議的是，心中毫無一絲不安。即將朝新的治療方式踏出一步，令阿比野充滿希望。絕對要把千歲的病治好，讓她和其他健康貓一樣長命百歲，過幸福的生活。腦中描繪著這樣的未來，阿比野漸漸睏了。這時，不經意地感覺到空氣振動，清醒過來。

來自窗外的月光映出了一個影子。黑暗中，黑影呈現貓的輪廓，耳朵尖尖豎起，長長的尾巴只有末端微微彎曲。

「千歲？」

正想起身，黑影已飛身跳出窗外。阿比野急忙衝到窗戶旁，向外探出身體。外面並非黑得伸手不見五指，就著倒映在祇園石板路上的月光，看得見千歲的身影，她正抬頭望向這邊。

因為上週下了雨，貼在醫院外牆的海報字體暈開了。須田走出來，打算換一張新的。仰望天空，露出無奈的笑容。

「如何？還是沒找到嗎？」

「是的。像這樣換上新海報後，偶爾或接到聯絡，可是最後希望還是落空。我也每天都會去派出所失物招領課和動保處確認，全都沒有。到底跑到哪裡去了……」

阿比野對著印在海報上的千歲照片喃喃自語。千歲已經失蹤三個月了。

那天晚上，阿比野立刻飛奔到屋外，當時千歲還在馬路上。只是，一轉眼就跑掉了。黑暗中，阿比野拚命四下尋找。趴在水溝旁窺看，鑽進草叢裡弄得自己一身泥巴，哭著找到天亮。要不是靜江來阻止，她還曾繼續找下去。

然而，現在她更後悔當時放棄尋找。早知道應該不顧一切，繼續找下去才對。

「真是的，到底跑哪去了啊……」

「阿比野小姐，我也說過很多次了，在人與動物一起共度的生活中，不管多麼小心，動物還是有可能走失。再怎麼責怪自己都是沒辦法的事。」

語氣雖然溫和，須田這番話卻說得很堅定。千歲不見之後，須田一直在勸導阿比野。他是出於信任才讓自己領養了貓，貓卻在自己手中走失，照理說，就算受到他的責備也不為過。然而，須田連一句重話都沒說，反而幫了很多忙。

即使如此，依然找不到千歲。海報上的照片也被雨淋得褪色模糊。

「妳看，又來了，這樣不行呀。」

「咦？」

看到阿比野失魂落魄的樣子，須田苦笑著說：

「不能露出那種彷彿全世界都在怪妳的表情呀。這是妳和妳的貓的問題。我呢，工作的時候，會在『動物』與『有了名字的動物』之間劃下很清楚的界線。對我而言，有了名字的動物和賦予他們名字的飼主是一體的。換句話說，妳和千歲是一體的。所以，千歲的事必須由妳來思考，由妳來決定，其他人無權置喙。」

「話是這麼說……」

聽著須田真摯的話語，阿比野內心一陣激動。儘管身邊的人給了各種意見，阿比野自己只有一個念頭，那就是後悔。那天晚上，找了許久都沒找到千歲，回房間檢查，老屋窗戶上下撥動式的月牙鎖明明有好好撥下來，窗戶卻是開著的。阿比野認為，是自己沒有把窗戶關緊就放下了月牙鎖。

不管怎麼想，千歲跑掉都是自己的責任。像是看穿阿比野的心情，須田以有些嚴厲的語氣說：

「我不是要妳放棄，但也該有個分寸。妳看看自己臉色有多糟？再這樣下去，撐不了多久妳就倒下了。要是變成那樣，又該給身邊的人添多少麻煩？」

「是……」

須田說得一針見血，阿比野沮喪低頭。一邊折起皺巴巴的海報，一邊發出憂鬱的嘆息。這些海報印了好幾千張，不只京都，甚至滋賀和大阪都貼了。所有想得到的事，阿比野都做了。

昨天，老闆娘終於生氣地問「妳到底要做到什麼地步才甘心」。在座敷工作時只擺得出扭曲的笑容，一有時間就拿起手機搜尋線索。一個專業的藝妓絕對不能讓眼淚模糊臉上的白粉妝。正因為老闆娘也那麼疼愛千歲，才會叮嚀阿比野該懂得適時放棄。

「醫生，我現在想去當初救出千歲的那棟大樓看一下。」

「去那棟大樓？為什麼？」

「即使貓對人沒有依戀，或許對住過的地方會有吧？當然，千歲在那裡受到不人道的飼養，我也不認為她會把那裡當家。只是，或許對她來說，那裡還有什麼放不下的東西？就算您笑我傻也沒關係，我就是想親眼去確認看看。」

「那裡什麼都沒有喔，有的話也只是怨恨。」

須田嚴肅地皺起眉頭，從來沒有在總是和藹又冷靜的他臉上看過這種表情。即使如此，阿比野還是踏上醫院後門外的那條路。已經事先知會過大樓屋主井岡了。謊稱有朋友考慮租屋，想去看看屋子裡面的情形，井岡就請管理公司的窗口跟阿比野聯絡。

那棟大樓在須田獸醫院正後方。阿比野跟著管理公司派來的男性窗口，走上這棟細長「中京大樓」的五樓。那間房間就在裡面數過來第二間。

管理公司的人毫不猶豫打開房門，室內比想像中明亮，燦亮的光線透過大大的霧面玻璃照進來。

「以地理位置來說，租金算很便宜了喔。窗外景觀也不錯，我很推薦。」

窗口笑容滿面。阿比野站在正中間，環顧整個房間。空無一物的白色地板與牆壁，令人絲毫聯想不到幾年前在這裡發生過的悲慘事件。

「這裡……有沒有什麼通道或縫隙？就是貓或老鼠鑽得進來的……」

「老鼠？雖然有抽風機，但小動物從外面是進不來的吧。天花板的管線很牢靠，因為是舊大樓，牆壁也砌得很厚喔。」

說著，窗口還用手咚咚敲了幾下牆壁。想到曾有許多貓被關在這裡面，阿比野一陣驚恐。

忽然覺得不舒服，於是走出房間。明明不可能聽見，卻彷彿聽見了貓叫聲，鼻子也聞到臭味。就算千歲真的回來這裡，那也不會是出於哀傷或憐憫。須田說得沒錯，這裡只有怨恨。

實際上看過這間屋子後，阿比野也在心裡做了一個了斷。工作時努力恢復往日的開朗笑容，積極爭取客人。化上白粉妝笑著生活，能讓她忘記真正的心情。

然而有時候，強烈的後悔與悲傷仍會突然來襲，忍不住大哭一場。即使在老闆娘或其他藝妓夥伴面前也一樣。明知大家都不知該拿自己怎麼辦，也沒有辦法控制自己。有時阿比野還會偷偷再去那棟大樓。雖然不抱任何期待，但是在她所知的範圍內，沒有其他地方能去了。額頭貼著五樓那扇門，呼喚千歲的名字。

「回來啊，回來啊，小千。」

這天，阿比野來到高峰朋香的店鋪二樓，拿之前訂製的包包。

那是一個亮橘色的肩背包。雖然是真皮，但重量很輕，實際上也跟看上去一樣柔軟。

「好美的包包，比我想像的更好。謝謝妳。」

真的很喜歡這個包包，站在全身鏡前，試著揹起來看看。設計師朋香是一位幹練的都會女性，或許是想給介紹人梢小姐做面子，總是像這樣帶阿比野到二樓工作室來。

兩個多月前也和朋香見過面。當時兩人對話雞同鴨講，還一起遇上了某種奇妙的狀況。

「阿比野小姐，雖然這次的包款沒有做這個設計，如果您不介意的話，請收下這個。」

這麼說著，朋香交給阿比野的，是一個包包吊飾。同樣採用染成橘色的皮革，上面以金箔壓上貓臉圖案。

一看到這個，阿比野心都揪起來了。

「哇，好可愛。」

微笑的同時，淚水情不自禁浮現。這個圖案是和千歲不同的長毛外國貓，即使如此，心還是難受得像要被壓垮，忍不住低下頭。

朋香靜靜地說：

「我從梢小姐那裡聽說阿比野小姐的貓不見了的事，您的貓是不是叫千歲？」

「……對，沒錯。她已經不見超過一年了。所有能想到的事我都做了，還是找不到她。」

阿比野聲音低沉了下來。對朋香而言，這只是個閒聊的話題吧。然而，眼淚與情感都再也克制不住。抬起頭，直視著朋香說：

「說真的，我很想拋下工作，不顧一切去找千歲。千歲原本就不是能活很久的孩子，所以她或許已經不在了。可是，我還是寧可認為她還活著。為了不給身邊的人添麻煩，現在只是假裝已經忘了，其實每天晚上還是會哭。難過得連自己都不知如何是好。儘管千歲只在我身邊一年的時間，只有短短一年而已喔。我是不是很傻？」

最後連自己都覺得可笑，哭著笑起來。滑稽又幼稚的自己，被當成傻瓜也沒辦法。

然而，朋香絲毫沒有輕蔑的意思，反而一臉哀傷地搖頭。

「如果是以前的我，可能會笑您傻。可是現在的我，只不過跟貓一起生活過一個月，閉上眼睛就已經滿腦子都是他們。在網路上或電視廣告中看到貓時，也會馬上做出反應。這才真叫傻吧？明明就沒真的養過貓，還連貓的商品都設計了。」

說著，朋香望向吊飾上金色的貓，露出自嘲的笑容。

「和貓在一起度過的時間長度或許也很重要。但我認為，即使時間不長，仍不妨礙我們與貓建立深刻的情感牽絆。一天也好，一年也好，人也好貓也好，都有可能成為無可取代的對象。就算再也無法見面也一樣。」

聽著朋香沒有一絲猶豫的語氣，阿比野深受感動。想向她道謝，聲音卻顫抖得發不出來。

看到這樣的阿比野，朋香又說：

「阿比野小姐，要不要再去一次那個地方看看？雖然那個醫生真的很怪，要是妳能見到他，光是說說話應該也能帶來某種啟發。他說那扇門只要自己想打開就打得開，請妳再去一次看看吧。」

朋香是認真的。「那個地方」是哪裡，不用問也知道。

只是，那棟老大樓至今自己已經去過那麼多次了，就算再去一次也一樣吧。

「……咦？」

回過神來才發現，已經繞著整條街走一圈了。剛才可能太恍神。

阿比野獨自苦笑，從蛸藥師通走進麩屋町通。朋香是那麼為自己著想，就算只是為了回應她的心意，明知白跑一趟也得來。

沒想到，又是再次從大樓前走過。回頭一看，這次已經站在六角通上了。周遭的景色熟悉又陌生，阿比野搞不清楚自己身在何方，停下腳步。

大樓與大樓之間出現一條窄巷。光線太暗，看不清楚巷底。儘管狐疑，還是不由自主地走了進去。

走到陰暗潮濕的巷弄盡頭，眼前出現細長的「中京大樓」。走進去一看，裡面的格局也不陌生，阿比野毫不遲疑地上了五樓。不知道在那間屋子的門前哭過幾次，一直以來都只是握住門把，卻沒勇氣轉開。反正，就算轉了，門也一定上了鎖。

不料，這次稍微用力一轉，門就輕易打開了。裡面裝潢得和上次進去時看到的完全不同，不再是間空屋。一進去就是個櫃檯，但沒有看到人。

聽見拖鞋啪嗒啪嗒的聲音，走出一個護理師。她皮膚白皙，看上去年紀介於二十五到三十之間。

「您是竹田亞美小姐吧，醫生等妳很久嘍。」

「咦……」

阿比野很驚訝。又沒有預約，為什麼說「醫生等很久了」呢？還有，她為什麼會知道自己的本名？

「您先請坐。」護理師語氣冷淡。怎麼回事，好像在哪看過這個護理師。這張臉，這個聲音。

——是誰啊？

阿比野一邊疑惑，一邊坐上單人沙發。室內空間雖然不大，但明亮又整潔。朋香說的是真的，這裡什麼時候變成了一間診所？

「請進診間。」

診間裡傳出一個男人的聲音，阿比野走進去。身穿醫師白袍的男性坐在那裡，露出微笑。

「哎呀，真的等妳很久了呢，竹田小姐。花了這麼長的時間啊。」

「你是……」阿比野又愣住了，因為她認識這個醫生。「我們在心醫生的醫院見過好幾次面吧？沒記錯的話，你是尼克的飼主……」

在須田獸醫院的候診區遇過好幾次，他收養了和千歲一起被救出的那隻黑貓。雖然不知道他叫什麼名字，貓的名字應該是尼克沒錯。阿比野一陣混亂，醫生做出「請坐」的手勢。

醫生溫柔地笑著說：

「今天來是有什麼問題嗎？」

「什麼問題……」

被這麼一問，阿比野倒不知怎麼回答了。眼前的男人似乎是真的醫生，已經開始看診了。

即使醫生問「有什麼問題」，阿比野也沒有答案。沒有什麼困擾的事，身體也很健康，不知道自己來這裡為的是什麼。

即使如此，仍下意識地低喃：

「我的貓都不回來。」

「好的，那我知道了。」

醫生這麼說，咧嘴一笑。

「我開貓給妳。」接著，他把椅子往後一轉。「千歲小姐，帶貓過來。」

「千歲？」阿比野倒抽了一口氣。

簾子拉開，剛才那個護理師走進來，手上提著外出籠。塑膠製的簡易外出籠，和最初從須田獸醫院帶千歲回家時用的一樣。

「千歲？是千歲嗎？」

心想不可能吧，雙手抓住外出籠。裡面是一隻有著圓臉的貓，毛色是淺咖啡色。阿比野愣住了，醫生又說：

「竹田小姐，您跟家人住在一起嗎？」

「咦……對，啊、不，該怎麼說好呢……」

面對突如其來的問題，阿比野窮於應答，醫生又笑著說：

「啊哈哈，到底是還不是？」

「雖然不是真正的家人，但是我和關係等同於家人的人住在一起。」

「這樣啊，有家人住一起很好喔。這隻貓滿嗆的，一個人的話效果可能會太猛，請斟酌服用。」

「好……」

「還有，效果的範圍很廣，對住在一起的人也會有所影響，不過那個沒有關係。總之請先持續服用十天，我會開處方箋給您，請跟櫃檯領取，然後就可以回去了。那麼我們十天後見。」

「好……」

盯著那隻淺咖啡色的貓，阿比野漫不經心地回答。貓也睜著圓圓的眼睛注視她。

走出診間，呆呆地坐在沙發上等。腿上放的外出籠重量熟悉而懷念，和最早帶千歲回家時差不多重。

「竹田小姐，請過來這邊。」

護理師從櫃檯小窗口裡這麼喊。阿比野走過去，遞上處方箋，護理師就拿出一個紙袋。

「裡面有說明書，請詳細閱讀。還有，貓服用十天後如果有所改善，妳就不用再來了。」

「欸？是這樣嗎？」

「對，醫生那邊我會去跟他說。希望妳能痊癒，請多保重。」

「可是，那樣的話貓怎麼辦——」

「請多保重。」

「我該把這隻貓——」

「請多保重。」

護理師的聲音聽不出情緒，頭也不抬起來。阿比野走出大樓，一手提著外出籠，一手拿起說明書閱讀。

「名稱：咪咪太。公貓。五個月大。蘇格蘭折耳貓。食物：早上和晚上適量餵食。水：隨時。排泄處理：適當時機。基本上放著不管也不會有問題。這隻貓習慣與人生活，看起來雖然很親人，實際上他也在暗自觀察人類。配合對方是最重要的，如果追得太緊也可能會跑掉，請多注意。就寢時請讓貓與患者睡同一間房間。以上。」

「這什麼啊，什麼意思？」

心裡有股說不出的煩躁。身邊已經超過一年沒有貓了，萬一千歲回來，聞到自己身上有其他貓的味道怎麼辦？這麼一想，阿比野就無法靠近任何貓。

沒想到，現在卻在沒有任何心理準備的狀況下被塞了一隻貓。朋香說過，或許能在那間醫院獲得某種啟發，難道就是這個嗎？

走出陰暗的巷弄，繼續往前走，心情卻蒙上了一層陰霾。

老闆娘靜江趴在榻榻米上，拚命想讓咪咪太看自己。在她身旁的百合葉是阿比野的藝妓後輩，也和靜江一樣趴在榻榻米上。

百合葉拿著用鐵絲綁上羽毛的逗貓棒輕輕搖晃。

「咪咪太，好乖，過來這邊，過來我這邊。」

咪咪太看了看兩人，踩著小短腿走向百合葉。於是，也不知道什麼時候買的，靜江拿出貓用肉泥條，故意放在咪咪太眼前。

「咪咪太，你看，媽媽這邊有零食喔，過來這邊。」

「不、媽媽這樣太奸詐了吧。阿比野姐姐，妳看媽媽都作弊。」

阿比野看著兩人爭奪咪咪太。靜江原本就愛貓，沒先跟她商量就帶咪咪太回來，她也立刻接受了。不、應該說她非常歡迎。百合葉和阿比野一樣，是獨當一面後仍住在置屋的藝妓。千歲還在的時候，受到她們兩人許多照顧。

蘇格蘭折耳貓的耳朵小而往前折，臉像麻糬一樣圓圓的，手腳偏短。有著可愛的外表，是很受歡迎的品種貓。咪咪太圓圓的頭上也有一對折耳，與其說是耳朵，看起來更像頭上戴了有扭曲蝴蝶結的髮箍。加上眼睛也圓，整個身體看上去圓滾滾的。要是沒有淺咖啡色的條紋和鬍鬚，說是別種貓科動物也行。

一如說明書上的記載，咪咪太很習慣與人一起生活。不但像剛才那樣一叫就過來，獨自玩耍時的模樣也很可愛。現在他就正在玩一顆用毛線做成的玩具球。

「咪咪太真可愛。」靜江看著咪咪太感慨地說。「感覺心裡破的洞都被填補了呢。話說回來，阿比野願意再養貓真是太好了。」

「真的，阿比野姐姐這段時間都太灰暗了啦。小千不見了，我也很寂寞啊。可是咪咪太來了，我覺得很開心。」

百合葉看著咪咪太，眼裡浮上一層淚光，又突然笑出來。因為咪咪太抱不緊毛線球，往後一仰跌得四腳朝天。

「對了、對了，媽媽，我從剛才就一直覺得咪咪太好像什麼，現在終於想到了。妳不覺得咪咪太好像萩餅嗎？」

「妳說萩餅，是裡面包紅豆餡或青海苔的那個萩餅？」

「對，撒黃豆粉的那個萩餅。咪咪太的顏色就像黃豆粉，圓滾滾的像顆萩餅，看起來好好吃。」

「哎呀，真的呢。這樣的話，我喜歡吃顆粒狀的紅豆餡。」

「我喜歡吃泥狀的紅豆餡。阿比野姐姐呢？」

百合葉笑著問，阿比野卻笑不出來。她們兩人都很迷戀咪咪太，黏得太緊了，令阿比野有點擔心。

「媽媽，百合葉，我說過很多次，這隻貓再三天就得還人家了喔。」

兩人聽了面面相覷，互相使了個眼神，尷尬地笑了。

「我說阿比野啊，妳既然願意像這樣帶貓回來，就表示已經打算往前走了吧？去跟那間醫院的醫生說我們想直接領養這隻貓，好不好？」

「對啊，姐姐，我也會幫忙照顧咪咪太的。」

兩人一搭一唱，默契十足。不、想來應該是趁阿比野不在時，偷偷商量過要這麼做了。

「媽媽，百合葉，妳們別亂說。」

阿比野拚命掩飾動搖的心情。想起那個護理師說「妳可以不用再來醫院」時低垂的視線。

「這孩子只是暫時帶回來幾天，不可能跟人家要來養。更何況，妳們說這種話，千歲未免太可憐了吧。好像已經放棄她了似的。」

「不是這樣的啊，阿比野。就算帶新的貓回來，也不代表我們放棄了千歲。妳想繼續等千歲回來沒關係，也不需要忘記她。但是，妳自己的幸福也很重要。」

靜江用溫柔的語氣提醒阿比野，接著輕輕拍手。

「咪咪太，過來。過來這邊……不要嗎？你看，有零嘴喔。」

再次拿出肉泥條，這次咪咪太放棄毛線球走過來，靜江抱起他。

「真是乖孩子啊，咪咪太。阿比野，這孩子來了之後，妳連一次都沒抱過他，也不跟他玩，是不是連他的名字都沒喊過？」

說著，靜江從咪咪太腋下抱起他，遞到阿比野面前。因為前腳很短，幾乎呈現高舉雙手喊萬歲的姿勢，橢圓形的腦袋看起來更像是直接放在上面。

照理說應該會笑出來才對。可是，每次看到咪咪太可愛的動作，阿比野就會產生罪惡感。好像自己只要疼愛咪咪太，就等於是拋棄了千歲。總覺得千歲正在哪裡看著這一切。

「妳就抱一下嘛。」靜江抱著咪咪太靠近，阿比野把頭別開。

「我還是不抱了，千歲回來時會難過的。」

就這樣，阿比野快步走上二樓自己的房間，趴在枕頭上嗚咽。

「小千，我沒有忘記妳，也不會養其他的貓喔。」

樓下傳來開心的笑聲，兩人大概在跟咪咪太玩吧。就算沒有自己，咪咪太也不會寂寞。

即使如此，一到晚上，靜江還是會把咪咪太帶到阿比野房間來。房間很小，無論如何咪咪太都會映入眼簾，只能勉強對他視若無睹。咪咪太也像收起原本親人的個性般，完全不主動靠近。阿比野拉動老舊日光燈的拉繩，把燈關掉後，他也會自己爬進充當睡床的籐籃裡。

今晚，咪咪太一樣端坐在旁邊凝視阿比野，眼神若有所求。他大概覺得寂寞吧，或者剛好相反，其實阿比野想要的、需要的是什麼，全都被咪咪太看透了。

四目交接了一會兒，阿比野想起百合葉說的話。萩餅，撒上黃豆粉的橢圓形萩餅。咪咪太圓圓的臉真的很像萩餅，下巴肉軟軟的像麻糬一樣。阿比野喜歡顆粒餡也喜歡紅豆泥，甜甜的總是一不小心吃太多。

「呵呵……」

輕輕發出笑聲，咪咪太立刻有了反應，身體往前探，舉起短短的前腿。

阿比野心頭一驚。咪咪太也在找尋親近自己的機會吧。想起醫院給的說明書上說「配合對方最重要」，「他也在觀察人類」。只要自己喊他，咪咪太一定會靠近的。想像那圓滾滾的腦袋過來磨蹭自己的樣子，心裡就一陣痛苦，罪惡感如海浪般襲來。

不行。再次背轉過身。

就算再怎麼難受，拿別隻貓來療癒自己未免太自私了。不能像靜江或百合葉那樣接受新的貓，得保持距離才行。

過了一會兒，咪咪太放下舉起的前腳，一副已經失去興趣的樣子。

黃豆粉色的渾圓腦袋，隱約透露著一絲落寞。

走向停在料亭旁的計程車，這段短短的路上，阿比野牽住井岡的手。

「井岡社長，地很滑，請小心點走喔。」

「下了一場大雨呢。」

井岡搭上計程車前，抬頭仰望了夜空。剛才還下著傾盆大雨，現在天上已看不見一絲烏雲。滿月像大大的電燈泡般高掛天空，照亮濡濕的石板路。

「那麼阿比野，下次也麻煩妳嘍。我會帶須田醫生和那個什麼中途之家的志工來，要好好招待人家喔。」

「好的，阿比野恭候幾位大駕光臨。」

「那個年輕人看到阿比野妳這大美人，一定會嚇到吧。他是個滿口動物經的怪人。」

「哎呀，這樣的話，或許跟我很合得來喔。畢竟我也是個怪人嘛，期待和那位客人見面。」

阿比野目送井岡離去後，和其他藝妓一起搭上來接送的專車。其他姐妹途中陸續下了車，住置屋的阿比野是最後一個。

看得見車窗外的月亮。月色實在太美，忽然興起在夜路上散散步的念頭。平常這個時間阿比野不會一個人在路上走，這天心想偶爾一次也無妨，就在還差一條路的地方下了車。只要背對大馬路旁的燈火與汽車的大燈，即使一身藝妓打扮也不至於引人目光，她緩緩往前走。

抬頭一看，天上碩大的滿月彷彿要把人吸進去似的，散發耀眼的黃色光芒。簡直就像一顆撒滿黃豆粉的萩餅。

「哎呀……」

阿比野停下腳步。就在從月亮聯想到萩餅時，腦中忽然浮現了咪咪太的臉。像戴了蝴蝶結髮箍的那個圓圓黃色腦袋，大大地浮現在夜空。光是把月亮看成萩餅就夠奇怪了，竟然還看成了貓。

「真是……討厭。」

自己都感到厭煩，這次朝月亮背過臉。

明天，等明天帶咪咪太回去還給那個醫院，就能從這莫名其妙的煩悶中獲得解脫了。明明只要想著千歲就好，卻一直忍不住分心去想咪咪太。

擅自拿別的東西填補內心破的洞未免太自私。找不到千歲，自己憑什麼過得幸福。

被雨打濕的石板路倒映著月光，看上去比平常更顯晶瑩透亮。結束心血來潮的散步，已經走到置屋門口了。

伸手正想拉開玄關大門時，阿比野嚇了一跳。以為有人影閃過，身體瞬間僵硬，結果並沒有人。石板上拉長的黑影是隻貓，月光下，貓的影子全黑。只看得出高高豎起的尾巴輪廓，末端似乎有些彎曲。

不會吧。阿比野凝神細看，貓緩緩靠近。從黑暗中現出了半個身體，圓圓的肢體和短腿。以為彎曲的尾巴，原來是自己看錯了。

阿比野冒出一身冷汗。不可能的啊。這時間咪咪太應該已經在二樓房間了。可是，走近的貓愈來愈清楚，確實是咪咪太。他怎麼會跑到外面來了？

怎麼又發生了這種事？

阿比野伸出手，咪咪太就往後退，半個身體沒入黑暗中。他的表情和在置屋時不一樣，充滿了警戒的神色。前腳微微抬起，做好隨時可能跑掉的準備。

「咪、咪咪太，你好乖，過來這邊。我、我給你零嘴好嗎？你不是喜歡吃零嘴？」

愈是喊話，咪咪太的姿勢就蹲得愈低。對養在家中的動物來說，外面是未知的世界。興奮與恐懼使他聽不到人說的話了。

更何況是自己說的話。阿比野後悔地咬著嘴唇。帶咪咪太回家這幾天，就算他主動走過來，自己也故意假裝沒看見。難怪他無法對自己敞開心房。

即使如此，還是得想想辦法。

要是現在不想辦法，事態將演變得無可挽回。就像那天晚上，追上去也沒用。只要踏出一步，咪咪太就會逃跑。

身體開始顫抖。阿比野感到恐懼，已經不想再失去了。

「咪咪太。」

蹲在石板路上，就算會弄濕身上的衣服，阿比野也不介意。

「咪咪太，沒事的，過來這邊。」

即使緩緩張開雙手，咪咪太仍保持警戒，一副隨時都想跑掉的樣子。阿比野眼眶泛淚，嘴唇顫抖。

「咪咪太，抱歉。你都來家裡了，我還對你那麼冷淡。我啊，其實是不想讓自己喜歡上咪咪太。因為要是喜歡了你，感覺就像忘了千歲。那樣千歲豈不是太可憐了嗎，所以我才沒有對你好。對不起啊，對不起。」

眼淚溢出眼眶，沿著臉頰滑落。失去千歲的事，再怎麼懊悔也難以釋懷。可是，太多的束縛，反而讓自己看不清眼前的狀況了。

「咪咪太，別走。別丟下我。」

阿比野閉上眼睛祈求。

回來吧，回來吧，我的貓。

指尖摸到冰冷的物體。像粗糙砂紙般的舌頭，是咪咪太，他正在舔阿比野的手指。還用那張圓圓的臉上前磨蹭。

「咪咪太……」

輕輕抱起咪咪太，沉重又溫暖。伸長的身體柔軟得出乎意料，阿比野忍不住笑出來。

溫柔地抱著咪咪太，阿比野回到置屋。咪咪太一臉若無其事的樣子在玄關落地，直接踩著輕盈的腳步走進屋內，鑽過上前迎接的靜江腳邊。靜江驚訝地說：

「不會吧，難道剛才咪咪太跑到外面去了嗎？他明明在二樓的啊。」

「媽媽，這種事既然發生了兩次，就表示我房間一定有哪裡能讓他們鑽出去。」

「哎呀，傷腦筋耶。」

兩人走向二樓阿比野的房間。才剛走進這間日式古民房的和室，兩人就愣住了。

「窗戶怎麼開著。」靜江慌了手腳。「我明明確認過窗戶是鎖著的，才讓咪咪太進來。難道是我看錯了嗎？」

跟那天晚上一樣。外面的空氣流進屋內，阿比野走到窗邊。雖然窗戶只開了一條縫，但已足夠貓咪鑽過去了。咪咪太就是從這裡跑出去的。

「媽媽。」

「抱歉啊，阿比野。都是我的錯，害咪咪太差點跟千歲一樣一去不回了。真的很抱歉。」

「媽媽，妳看這裡，這個鎖，沒扣到這邊這扇窗戶。」

仔細看窗框上的月牙鎖，會發現兩扇窗戶之間的空隙太大，導致上鎖時，只扣到靠近裡面的那扇。因此，即使看似上了鎖，只要稍微用力就能把窗戶推開。

「哎呀，真的耶。都沒注意到這房子已經愈來愈老舊了。」

靜江很驚訝。阿比野開關了幾次窗戶。這窗戶是從什麼時候開始上不了鎖的呢？外出時自己也會確認，怎麼一直沒發現？

怎麼想都覺得奇怪，阿比野探出窗口，窺看外側的牆壁和屋簷。這一看才注意到，沿著牆壁釘上的屋簷排水槽鬆動下滑，正好把窗框壓得變形。靜江也探頭出來看。

「啊、這個排水槽有時會因為雨水太重就鬆脫了呢。等一等喔，我馬上推回去。」

靜江伸出手，把排水槽推回原位。這麼一來，少了外力的施壓，窗框恢復原狀，兩扇窗戶之間的空隙也不見了。

「原來窗戶是因為這樣……」

「咦？妳說什麼？」

「沒事，我沒說什麼。媽媽，這樣太危險了，還是早點請工人來把屋頂修好吧。」

「說的也是，我明天就打電話。」

阿比野慢慢轉動月牙鎖，把窗戶鎖上。這次，金屬發出密合的喀嚓聲。

每次屋簷排水槽鬆脫，窗戶的鎖就失去了意義。那天，千歲不見的那天，傍晚也下過大雨。說不定那時也跟今天一樣，窗戶輕易就能推開。儘管事到如今已經無法確認，感覺就像拔掉了心裡的一根刺。

「阿比野姐姐，我帶咪咪太來了，可以進去嗎？」

房門口傳來聲音。確認過窗戶確實緊閉後，阿比野打開門，百合葉抱著咪咪太站在那裡。

「謝謝妳，百合葉。」

正想接過咪咪太，百合葉卻沉下臉來，緊抱著咪咪太不放。

「百合葉？妳怎麼了？」

阿比野問，百合葉搖搖頭。

「我不要還，不想把咪咪太還回去。姐姐，就這樣把他養下來吧？如果阿比野姐姐妳不想，那就讓他住在我房間，我不會放他出來，也會自己負起照顧的責任。」

這時阿比野才發現，難受的不是只有自己，靜江和百合葉也一樣。

養貓，這是多不容易的一件事，大家都很清楚。就算曾有飼養經驗，上一次的經驗這一次也未必適用。咪咪太圓圓的臉靠在百合葉肩上。即使是表面上親人的貓，如果真要一起生活，接下來可能還有很多辛苦的地方。為了讓貓敞開心房，全家人必須共同努力才行。

明天是預計回那間醫院的日子。雖然護理師說可以不用再去，但那可不行。不只咪咪太的事，阿比野自己也想再見一次那個奇怪的醫生，重新檢視自己的心情。

阿比野帶著裝有咪咪太的外出籠，輕輕推開那間醫院的門。護理師坐在櫃檯裡，抬起視線。

「哎呀，妳來了啊？真守規矩。」

態度和上次一樣冷淡。看著她那張臉，感覺彷彿在照鏡子。和自己長得一模一樣的臉，和自己一模一樣的聲音。

一邊告訴自己「哪可能有這種事」，一邊在沙發上坐下。

「請進診間。」

診間裡傳出男人的聲音。走進去一看，那個醫生溫柔地微笑著。

「哎呀，妳氣色很好呢。看來這隻貓很有效。」

「是……」

阿比野困惑地坐下來。這個醫生也是，長得和尼克的飼主一模一樣。偶爾會在須田獸醫院的候診區遇見他，每次都帶著黑貓尼克。印象中，須田好像說過他是某個動物保護組織的職員。這樣的話，他是同時在這間身心科診所當志工醫生嗎？雖然氣質不同，外表真的長得一模一樣。阿比野試著問：

「請問，尼克最近好嗎？」

「是啊，我很好喔。那麼，您的貓回來了嗎？」

「咦？」

「您的貓回來了嗎？」

醫生這句話，問得阿比野赫然一驚。腿上的外出籠微微晃動，即使乖乖待在籠子裡，只要咪咪太輕輕一動，自己就有感覺。現在，咪咪太就在這裡。

「是的，回來了。」

「這樣啊，那太好了。千歲小姐，請來把貓帶走……」

醫生伸手要拿外出籠，阿比野急忙制止。

「那個，不好意思突然說這種話，請問咪咪太是醫生您的貓嗎？如果、如果是這樣的話——」

「不不不，這隻貓不是我的貓喔。」

醫生輕輕一笑。

「這孩子是寵物店的貓。雖然是受歡迎的品種，好像耳朵要再折一點會更好，所以他一直賣不掉，就這樣長大了。因為人類都喜歡幼貓嘛。這個孩子好像已經過期了。」

說什麼過期，太過分了。阿比野皺起眉頭，醫生卻一副滿不在乎的樣子。

「寵物店也要做生意，為了想辦法賣掉剩下的貓，會讓他們輾轉各間分店。換個不同的賣場，或許更有機會被注意到吧。希望他在下個地方能很快找到飼主。好嘍，走吧。」

醫生說完，立刻拿起外出籠，打算往簾子後面走。阿比野再次叫住他。

「請等一下，那間寵物店在哪？我要去哪裡才能見到咪咪太？」

「我也不知道，會在哪裡呢？認真找的話，應該找得到吧。」
「怎麼這樣——」
這時簾子拉開，護理師走了進來。她皺著眉頭，臉色很難看。
「醫生，別說那種無情的話，就告訴她又有什麼關係？」
說著，她從醫生手中搶過咪咪太的外出籠，看著阿比野說：
「這孩子待的寵物店，在滋賀縣草津的購物中心裡。」
「草津的購物中心是嗎？只要去那裡，就能見到咪咪太了嗎？」
「是這樣沒錯，但這種事也要看緣分。一到假日，購物中心就會有很多攜家帶眷的客人上門，要去的話最好早點去。」
「說、說的也是呢。要盡快去……」
「我的事情，妳就別掛心了。」
那個長得和自己一模一樣的護理師別過頭，語氣冷淡。
「那天，那個時候，只是碰巧產生了那種心情而已。既沒有在等妳，也不是為了找妳麻煩才搞失蹤。是我自己決定出去外面，自己決定離開的。不想看到妳再一直哭哭啼啼了。」

不明白她在說什麼，阿比野一陣錯愕。於是，護理師微微皺眉，像是有點難為情似的，再次換上高傲的表情說：

「貓啊，到處都有。所以快點忘了我，去接咪咪太回家吧。這孩子遲鈍又沒禮貌，但還算可愛啦，跟妳很配。」

「謝、謝謝喔……」

道謝的話還沒說完，護理師已經提著外出籠走掉了。真是個奇妙的女人。雖然態度冷淡，剛才那番話似乎是在激勵自己。畢竟，就算靜江和百合葉強烈希望收養咪咪太，阿比野自己仍有所猶豫。如果條件談不攏，說不定就放棄了。

然而，護理師那番話令她下定了決心。

醫生賭氣似的嘟嚷道：

「講得好像我很壞心，明明我是顧慮千歲小姐才那麼做的。」

「醫生。」

「什麼事？」

「我和家人談過了，有緣的話，希望能帶咪咪太回我們家，您覺得怎麼樣？」

「什麼怎麼樣？」醫生一臉疑惑地笑了，歪著頭說：「我怎麼想，會讓妳很介意嗎？」

「不、那個……」

說到一半，阿比野低下頭。這裡是哪裡，他是誰，這些自己都不知道。可是，能給自己答案的只有他了。下定決心，抬起頭。

「您認為千歲是怎麼想的呢？」

「啊哈哈，那我就不知道嘍。雖然她剛才那麼逞強，就算不是貓，心裡的想法只有當事人自己知道。只是，站在貓的立場我可以說，會執著的都是人類。雖然不大，但每隻貓都好好地擁有自己的世界。朝新的世界踏出一步時，已經積極向前看了。無論那個新世界有多艱難也一樣喔。抓著尾巴不放，不是因為貓可憐，只是妳太寂寞而已。可是，她是不會主動甩開妳的，她到現在依然深愛著妳。」

醫生露出溫柔的笑容。

「差不多該放開手，爽快送她離開了吧。」

「送她離開……」

領養千歲那天須田就說過了。那時還以為自己已經做好準備。

然而，根本一點都沒準備好。寂寞和悲傷，使自己拚命想挽留。要不是千歲突然消失，真要送她離開的話，阿比野一定會很痛苦。即使如此，在千歲消失後自己仍不放手，不希望她離開。

可是，放手的時候已經到了。飼主永遠都得先送動物離開。

阿比野閉上眼睛。想著那隻尾巴末端如鑰匙般彎曲的貓，充滿光澤的毛，白色的鼻梁。

自尊心強，裝模作樣。散發強烈意志力的視線。就連撒嬌的樣子都很有氣質。在一起時很少自言自語，實際上有太多想對她說的話。

雖然只是短暫的時光，但我很幸福。無法守護妳到最後，真的很抱歉。謝謝妳來到我們家。

最喜歡妳了，最愛妳了，謝謝妳。

再見了，好愛妳，好愛妳——

睜開眼時，醫生也閉著眼睛。以為他是在等自己冷靜下來，阿比野就也先不開口。過了一會兒，醫生的身體竟然搖晃起來。

「醫生，你怎麼了？」

「啊？」他醒了。「喔，已經好了嗎？」

「呃、對。」

「這樣啊，那太好了。那麼，妳可以不用再來這裡了。請多保重。」

阿比野點點頭，什麼都沒說。離開診間，枯燥乏味的候診室內一個人也沒有。想起須田獸醫院候診區裡貼出來的那些照片，以及並肩坐在長椅上的飼主和貓。飼主們雖然只是打個招呼，裝在外出籠裡的貓咪們或許進行了更親近的交流。說不定，千歲和尼克也曾在那些時候有過交談。

護理師坐在櫃檯裡。阿比野對她點點頭，伸手握住門把。這時，背後傳來聲音。

「說是說永遠……」

「咦？」

回頭一看，護理師仍然低著頭，臉上一副看似無所謂的表情。

「不能永遠在妳身邊，抱歉。」她抬起頭，淺淺一笑。「請多保重。」

「好……」

依然一頭霧水，阿比野走出醫院，也走出了大樓。抬頭一看，頭上有高遠的藍天。一邊走出巷弄，一邊打電話。

「啊、百合葉，咪咪太在草津的購物中心，我現在要去接他……妳想一起去？座敷那邊怎麼辦？咦？拜託媽媽……好吧，也對，一起去接他吧。」

走出巷弄，來到京都市區內的大馬路旁。棋盤格狀的馬路，有時會讓人一下子搞不清楚自己正往哪裡走。就算知道路也會迷路。

現在正在往前走，所以不會迷路。

狹窄的診間內，剩下自己一個人。

尼克坐在椅子上，抬頭望著天花板。他在這裡出生，在這裡長大。即使現在外表不同，那氣味也無法遺忘。那時，這裡有好多夥伴，現在終於只剩下自己一個人了。閉上眼睛，靜靜地承受孤獨。

簾子被用力拉開。尼克嚇了一跳，差點從椅子上跌下去。千歲只是冷冷地瞥了這樣的尼克一眼。

「尼克醫生，你在幹嘛啊？」

「不、我才想問妳在幹嘛呢。千歲小姐，妳怎麼還在這？」

「要是我不在了，誰負責坐櫃檯？誰來管理那些貓？誰來照顧醫生你啊？」

「那些事總會有辦法的吧。別看我這樣，其實滿靠得住的喔。」

「你還真敢說。」千歲傻眼。「要是沒我盯著，你就老是在打瞌睡。貓的處方也是，每次都沒仔細思考吧？目前為止只是運氣好還算順利，萬一那些無處可去的孩子沒被接回家該怎麼辦？」

「不會啦，沒問題的。我總是看看貓，看看人，然後才開處方。」

「真的假的？不是只靠運氣和直覺嗎？」

什麼都瞞不過千歲，尼克低下頭耍賴。

「才沒有……總之，千歲小姐的患者已經來過了，就請妳別再管我啦。」

「你現在才說這什麼話啊。」

千歲一臉無奈，深深嘆口氣。

「這就叫孽緣，尼克醫生。我會陪你到你的患者來為止。」

「不，可是——」

克制不住上揚的嘴角，尼克笑了起來。入口傳來聲音，有誰在喊什麼。千歲從簾子縫隙往外看。

「哎呀，有患者上門了。希望是預約的患者。」

「應該不是吧，聽起來像是女人。或許又是從哪裡聽到傳聞而來的吧，害我連睡午覺的時間都沒了。」

「你還真敢說，剛才不就在睡了。」

「沒有，我才沒有睡。剛才我只是一個人在品嚐孤獨的滋味。」

「傳聞這種東西，好像意外可靠呢。多虧這些傳聞在外面飄來飄去的，才把我的飼主帶到這裡來。雖然花了不少時間，總有一天，尼克醫生的患者也會來的。好了，我去應門，你打起精神來！」

頂著一如往常的冷淡表情，千歲走向簾子後方。過了一會兒，一臉憂鬱的年輕女性走進診間，似乎靠著不知道在哪裡聽誰說的消息找到這裡，顯得不安又慌張。

尼克聽完她說的話，咧嘴一笑道：

「那麼，我開貓給妳。千歲小姐，請帶貓過來。」

春日文庫 ハルヒブンコ
160

貓咪處方箋
猫を処方いたします。

貓咪處方箋/石田祥作；邱香凝譯. -- 初版. -- 臺北市：春天出版國際文化有限公司, 2025.01
面； 公分. -- (春日文庫；160)
譯自：猫を処方いたします。
ISBN 978-626-7637-08-1(平裝)

861.57 113019585

ISBN 978-626-7637-08-1
Printed in Taiwan

NEKO WO SHOHO ITASHIMASU.

c/o The Appleseed Agency Ltd, Japan.
Illustrations by Arisa SHIMODA
First original Japanese edition published by PHP Institute, Inc., Japan.
Traditional Chinese translation rights arranged with PHP Institute, Inc. through Japan Creative Agency Inc.

作　　者　石田祥
封面繪者　霜田有沙
譯　　者　邱香凝
總 編 輯　莊宜勳
主　　編　鍾靈

出 版 者　春天出版國際文化有限公司
地　　址　台北市大安區忠孝東路4段303號4樓之1
電　　話　02-7733-4070
傳　　真　02-7733-4069
E－mail　bookspring@bookspring.com.tw
網　　址　http://www.bookspring.com.tw
部 落 格　http://blog.pixnet.net/bookspring
郵政帳號　19705538
戶　　名　春天出版國際文化有限公司
法律顧問　蕭顯忠律師事務所
出版日期　二〇二五年一月初版
　　　　　二〇二五年四月初版四刷

定　　價　399元

總 經 銷　楨德圖書事業有限公司
地　　址　新北市新店區中興路二段196號8樓
電　　話　02-8919-3186
傳　　真　02-8914-5524
香港總代理　一代匯集
地　　址　九龍旺角塘尾道64號 龍駒企業大廈10 B&D室
電　　話　852-2783-8102
傳　　真　852-2396-0050